AF397438

PAPIER
FRESSERCHEN
MTM-VERLAG
DIE BÜCHER MIT DEM DRACHEN

Impressum:

Alle weiteren Personen und Handlungen des Buches sind frei erfunden.
Ähnlichkeiten mit lebenden oder verstorbenen Personen sind
zufällig und nicht beabsichtigt.

Besuchen Sie uns im Internet:
www.papierfresserchen.de

© 2024 – Papierfresserchens MTM-Verlag + Herzsprung-Verlag
Mühlstraße 10, D- 88085 Langenargen
info@papierfresserchen.de
Alle Rechte vorbehalten.
Erstauflage 2024

Das Werk einschließlich aller seiner Teile ist urheberrechtlich geschützt.

Cover gestaltet mit Bildern von
© Andrey Armyagov – Adobe Stock lizenziert

Bearbeitung: Martina Meier MA
Lektorat: CAT creativ – www.cat-creativ.at
Druck: Bookpress / Polen

ISBN: 978-3-96074-699-7 - Taschenbuch
ISBN: 978-3-96074-700-0 - E-Book
ISBN: 978-3-96074-857-1 - Hörbuch

Zaubermaus

sucht neue Abenteuer auf Erden

Band 6

Ingo Schorler

Prolog

Nach all den aufregenden Abenteuern, die ich gemeinsam mit Paul erlebt hatte, beschlossen wir, uns endlich zur Ruhe zu setzen. Wir hatten es uns mehr als verdient – nach Jahren voller Magie, Missionen und mysteriöser Begegnungen war es Zeit für Entspannung. Vor allen Dingen nach der anstrengenden Reise in 100 Tagen um die Welt, die uns viel Kraft gekostet hatte.

Unsere Wahl für unsere Auszeit fiel auf eine abgelegene Insel fernab von der Hektik der Menschenwelt. Dort war das einzige Geräusch, das unsere Ohren erreichte, das sanfte Rauschen der Wellen, und die warme Sommersonne wärmte unsere Körper. Der feine Sand schien sich geradezu nach unseren Füßen zu sehnen, während die Palmen im Wind leise raschelten.

Ich genoss es, endlich meine Ruhe zu haben und die Seele baumeln zu lassen. Paul, mein treuer Begleiter, lag entspannt auf einem Liegestuhl und sonnte sich. Zusammen lauschten wir dem Ozean, tranken kühle Kokosnussmilch und fühlten uns wie im Paradies. Für einen Moment schien das Leben wirklich perfekt, fast zu schön, um wahr zu sein. Wir badeten in der Sonne und dachten uns, dass das Leben in der Tat nicht besser sein könnte.

Doch wer uns kennt, weiß, dass so viel Ruhe nicht lange gut gehen kann. So sehr wir die Gelassenheit auch schätzten, so sehr fehlte uns irgendwann das Abenteuer. Wir begannen, uns gegenseitig Geschichten von unseren vergangenen Erlebnissen zu erzählen – von unseren Familien, die wir gerettet hatten, und den Rätseln, die wir lösten. Doch je mehr wir uns an diese Abenteuer erinnerten, desto stärker wurde unsere Sehnsucht nach neuen Herausforderungen.

Eines sonnigen Nachmittags, als wir wieder einmal faul am Strand lagen und den blauen Himmel betrachteten, fiel mir plötzlich ein vertrautes Leuchten am Horizont auf. Ich setzte mich auf und schirmte meine Augen mit der Hand ab. „Paul, siehst du das?", fragte ich ihn. Auch er richtete sich auf und blickte in die Ferne.

Am Himmel tauchte ein schimmerndes Licht auf, das wir beide nur allzu gut kannten. Es war kein gewöhnlicher Schein – es war der leuchtende Glanz des Katzengottes, der uns schon zu so vielen Abenteuern gerufen hatte. Mein Herz begann vor Aufregung schneller zu schlagen, ein breites Lächeln schlich sich auf mein Gesicht.

„Das kann nur eines bedeuten", sagte Paul mit einem verschmitzten Grinsen.

Ich nickte. „Ein neuer Auftrag."

Und tatsächlich, das Licht kam näher und schließlich erschien ein goldenes Pergament in der Luft vor uns. Es glitt sanft auf den warmen Sand hinab. In geschwungenen, magischen Lettern stand darauf geschrieben:

Zaubermaus und Paul,
euer nächstes Abenteuer erwartet euch. Seid ihr bereit?

Ohne zu zögern, sprang ich auf. „Natürlich sind wir bereit!", rief ich.

Paul lachte. „Der Ruhestand war sowieso nichts für uns."

Und so war es. Das Abenteuer lockte uns und wir machten uns bereit, den nächsten Auftrag des Katzengottes zu erfüllen. Denn eines war klar: Auch auf dieser friedlichen Insel konnten wir dem Ruf des Abenteuers nicht entkommen – und das war genau das, was wir wollten. So führte uns unser neuer Auftrag schnurstracks zurück auf die Erde, hinein in die Welt der Menschen. Die Welt hatte uns wieder!

1

Paul und ich waren also wieder zurück auf der Erde und bereit für neue Abenteuer. Unser erster Weg führte uns auf ein Kreuzfahrtschiff. Der Katzengott hatte uns verraten, dass dies der perfekte Ort für unsere neue Mission sein würde – auch wenn ich eigentlich gar keine Lust auf noch mehr Urlaub hatte. Also machten wir uns auf den Weg zum Hafen, wo das riesige Luxusschiff *Robinson* lag. Mein Herz schlug augenblicklich schneller, als ich das zweitgrößte Kreuzfahrtschiff der Welt erblickte.

„Schau dir das an, Paul!", sagte ich, während wir auf das Schiff zusteuerten.

Paul schmunzelte. „Ich hoffe, diesmal gibt es keine zu gefährlichen Abenteuer. Wir sollten nach unserem Urlaub langsam beginnen."

Ich war mir nicht so ganz sicher, ob der Katzengotte nicht meinte, wir wären ausgeruht genug für neue Abenteuer. Und insgeheim wusste ich längst, dass der Katzengott uns nicht ohne Hintergedanken hierhergeschickt hatte.

Als ich schließlich an Bord ging, wunderte ich mich, warum alle vor mir salutierten. „Haben die nicht bemerkt, dass ich eine Katze bin?", fragte ich Paul verdutzt.

Doch sobald ich einen Spiegel fand, wurde mir klar, warum: Ich sah aus wie ein junger Kapitän in Uniform! „Oh toll", sagte ich sarkastisch zu Paul. „Auch das noch, offenbar habe ich wieder die Verantwortung."

Paul lachte leise. „Du kannst eben nicht aus deiner Haut – oder in diesem Fall aus deinem Fell."

Also nahm ich widerwillig das Kommando für dieses prächtige Schiff an und gab stolz den Befehl, das Schiff aus dem Hafen zu manövrieren. Wir fuhren langsam los, und der Wind trug den Duft des Meeres zu uns. Paul und ich ließen den Blick über das Deck schweifen. „Es sind wirklich nur Reiche hier an Bord, oder?", fragte Paul.

Ich nickte. „Genau das dachte ich auch gerade."

Der Abend kam, und ich als Kapitän musste mich natürlich beim Dinner blicken lassen. Schöne Frauen setzten sich an meinen Tisch zum Käpt'ns Dinner, aber schon nach kurzer Zeit wurde mir klar, dass sie nur nach einem reichen Mann suchten.

„So viel zum entspannten Abendessen", flüsterte ich Paul zu, bevor ich mich entschuldigte, um zur Brücke zu gehen.

Der erste Offizier war besorgt und zeigte mir das Radar. „Kapitän, eine Sturmfront zieht auf!"

Ich ordnete eine Kursänderung an – schließlich wollten wir uns die schöne Abendstimmung nicht verderben lassen.

Während ich versuchte, mir eine Lösung für das schlechte Wetter und den Sturm auszudenken, zeigte mir der Offizier ein kleines Mädchen, das im Maschinenraum gefunden worden war.

Ich ging zu ihm und sah, wie es verängstigt in einer Ecke saß. „Hallo, kleine Maus. Was machst du denn hier?", fragte ich sanft.

Das Mädchen sah mich mit großen blauen Augen an und antwortete schüchtern: „Ich bin aus dem Kinderheim abgehauen, um meine Eltern zu finden. Ich glaube, sie sind hier auf dem Schiff." Das Mädchen zeigte mir ein Foto seiner Eltern und erklärte, dass es ihnen ins Gesicht sagen wollte, wie schlimm es wäre, dass ihre Eltern es nicht mehr wollten.

„Na gut, Isabel", sagte ich, nachdem sie mir ihren Namen verraten hatte. „Wir werden deine Eltern finden."

Paul, der inzwischen ebenfalls das Abendessen beendet hatte und nun an meiner Seite war, schüttelte den Kopf. „Du hast wirklich ein Talent dafür, mitten in Schwierigkeiten zu geraten, oder?"

Ich lachte und nickte. „So scheint es."

Doch bevor wir uns weiter um Isabel kümmern konnten, wurde der angekündigte Sturm immer heftiger. Der erste Offizier rief mich wieder zur Brücke, und als ich das Radar überprüfte, sah ich eine gigantische Welle auf uns zukommen.

„Alarm auslösen, alle Passagiere sollen sich festhalten!", rief ich, während Paul und ich uns bereit machten, die Kontrolle zu behalten.

Die Welle traf das Schiff schließlich mit voller Wucht, die Lichter gingen aus und das Schiff wurde hin- und hergeworfen. Paul, immer ruhig in solchen Momenten, packte eine Sicherheitsleine und hielt sich fest, während ich Isabel an mich drückte.

„Das wird eine holprige Fahrt", rief Paul, doch sein Lächeln verriet mir, dass er immer noch voller Vertrauen war. Das half mir, ruhig zu bleiben, und nach einigen schrecklichen Minuten war der Sturm vorüber.

Der Himmel klärte sich und wir konnten endlich nachsehen, wie es den Passagieren ging. Erstaunlicherweise gab es nur leichte Verletzungen. Doch als wir schließlich sogar Isabels Eltern fanden, die sich tatsächlich auf dem Schiff befanden, war die Situation schlimmer als gedacht. Sie hatten den ganzen Sturm nicht bemerkt, weil sie völlig betrunken waren – und eine Metallstange hatte sie durchbohrt.

Ich nahm Isabel zur Seite und bat sie, ruhig zu bleiben. „Sie sind verletzt. Ich werde alles tun, um sie zu retten." Paul nickte mir zu und half dabei, die Situation zu beruhigen.

Schließlich erhielten wir nach einiger Zeit auch wieder Funkkontakt zu anderen Schiffen, denn der war während des Sturms ausgefallen. Zwei Kriegsschiffe kamen zur Rettung, denn wir selbst hatten bei dieser Fahrt gar keinen Arzt an Bord, nur zwei unerfahrene Krankenschwestern. Isabels Eltern wurden notoperiert und gerettet und das Kreuzfahrtschiff wurde in den nächsten Hafen begleitet.

Isabels Eltern versprachen, nachdem sie aus ihrer Narkose aufgewacht waren, nach ihrer Genesung eine Therapie zu machen und sich nie wieder so schlecht um ihre Tochter zu kümmern.

Als wir den Hafen erreichten und alle Passagiere sicher an Land gingen, fühlte ich eine Welle der Erleichterung. Isabel gab mir einen Luftkuss und winkte uns zum Abschied zu. „Danke, Zaubermaus", flüsterte sie mir zu. „Ich wusste, dass du anders bist."

„Wieder ein erfolgreiches Abenteuer“, sagte Paul, als wir das Schiff verließen. Doch kaum hatten wir wieder festen Boden unter den Füßen, spürte ich, wie die Luft plötzlich vibrierte – und ein seltsames Licht erschien am Himmel. Der Katzengott hatte uns einen weiteren Auftrag geschickt.

„Na dann“, sagte ich zu Paul. „Was wäre das Leben ohne ein bisschen Magie?“

Paul lachte. „Los gehts, Zaubermaus, ich bin bereit für das nächste Abenteuer.“

Und so machten wir uns erneut auf den Weg, nicht ahnend, dass unser nächstes Abenteuer uns in die Tiefen des Meeres führen würde …

2

Schon am nächsten Tag führte mich mein Weg gemeinsam mit Paul in eine Kleinstadt mit dem merkwürdigen Namen *Lügen haben kurze Beine*. Als ich das Schild am Stadteingang las, konnte ich mir ein Lachen nicht verkneifen.

„Was für ein komischer Name", dachte ich laut, während Paul mir zustimmte und schmunzelte. Wir schlenderten durch die Straßen, als wir an einem kleinen Gebäude vorbeikamen, an dessen Tür ein großes Schild hing: *Wahlkampfhelfer gesucht*.

„Klingt nach einem spannenden Abenteuer", sagte Paul, der immer für eine neue Herausforderung zu haben war. Wir schauten durch die Fensterscheibe und sahen drinnen einen kleinen Mann mit auffällig kurzen Beinen.

„Oh nein", dachte ich, „bin ich das etwa?"

Bevor ich weiter nachdenken konnte, öffnete sich die Tür, und eine junge Frau rief uns zu: „Endlich seid ihr da! Wir warten schon auf euch, also los, kommt rein!"

Paul und ich tauschten einen überraschten Blick aus, doch wir folgten ihr, ohne zu widersprechen.

Kaum im Inneren, wurde uns klar, dass hier etwas Seltsames vor sich ging. Überall hingen Plakate mit der Aufschrift:

Wir wollen keine kleinen Menschen als Bürgermeister.
Wir wollen Rudi, den Großen.

Ich fühlte mich fehl am Platz.

„He, Ronny, endlich bist du da!", rief plötzlich eine Stimme hinter mir. Anscheinend hielten sie mich für jemanden namens Ronny.

„Hier, Ronny", sagte der Mann und drückte mir einen Schlüssel in die Hand. „Nimm die Plakate und häng sie auf! Aber schön hoch, damit unser Kandidat Mick bald Bürgermeister wird!“ Ich sah zu Paul. „Und wie soll ich das machen?“, fragte ich. „Ich bin doch viel zu klein, um die Plakate alleine so hoch anzubringen.“

„Kein Problem, Ronny“, erwiderte der Mann mit einem süffisanten Lächeln. „Du hast genug Zeit, Hauptsache, du hängst sie auf.“

Paul und ich wussten, dass hier etwas ganz und gar nicht stimmte, aber uns blieb nichts anderes übrig, als mitzuspielen. Während wir versuchten, die Plakate anzubringen, traf mich plötzlich etwas Weiches.

„He, warum tust du das?“, rief eine Stimme aus der Menge. „Nur weil wir klein sind, musst du hier nicht solche gemeinen Plakate aufhängen!“

Ehe ich mich versah, flogen Eier auf mich zu – zum Glück trafen sie nur die Plakate. Dann entdeckte ich jemanden, der ebenfalls Plakate aufhängt. Es war ein fast zwei Meter großer Mann, und seine Plakate waren alles andere als freundlich. Paul und ich gingen zu ihm, um herauszufinden, was hier wirklich los war.

„Na, hast du auch so einen schmutzigen Wahlkampfauftrag bekommen?“, fragte er freundlich.

Ich nickte.

„Ist doch schlimm, wie zwei Brüder sich so hassen können, oder?“, sagte er.

Paul und ich starrten ihn an. „Brüder?“, fragte Paul ungläubig.

„Ja, klar. Der eine ist zwei Zentimeter größer als der andere, und seitdem sie das so genau wissen, streiten sie sich darüber, wer der bessere Bürgermeister wäre.“

Ich konnte meinen Ohren nicht trauen. „Zwei Zentimeter Unterschied und deswegen dieser ganze Aufwand?“, fragte ich fassungslos.

„Genau“, bestätigte der Mann.

Doch bevor wir weiterreden konnten, fuhren plötzlich zwei Limousinen vor und bei einem Auto gingen die Fenster herunter. „He, du kleiner Gnom, wie ist die Luft da unten?“, rief einer der

Brüder aus der Limousine. Und ließ gleich noch ein paar weitere Beleidigungen folgen.

Der andere öffnete ebenfalls ein Autofenster und zeigte seinem Bruder den Mittelfinger. „Blödmann!", rief er dazu laut.

Paul und ich sahen uns nur fassungslos an.

Am nächsten Morgen hatten Paul und ich genug von diesem Unsinn. Über Nacht hängten wir überall neue Plakate auf, auf denen stand:

Jeder hat das Recht, gleich behandelt zu werden – ob groß oder klein! Wählt mich, Ronny, den neuen Helden!

Auf den Plakaten waren zwei kleine Männer mit Elefantenköpfen zu sehen, was für ordentlich Tumult in der Stadt sorgte. Ich hielt sogar eine Rede vor einer jubelnden Menschenmenge. „Schaut euch die beiden anderen Kandidaten an!", rief ich. „Seht ihr irgendeinen wirklichen Unterschied zwischen ihnen?"

„Nein!", rief die Menge zurück.

„Ich schon – es sind nur zwei Zentimeter! Und trotzdem haben sie wochenlang für diesen Unsinn gesorgt. Wollt ihr solche Menschen als Bürgermeister? Oder wollt ihr jemanden, der sich um wirklich wichtige Dinge kümmert?"

Der Jubel war ohrenbetäubend. Die beiden zerstrittenen Brüder standen nur da, völlig verblüfft. Sie sollten sich wieder vertragen, so forderte ich, und schließlich taten sie das auch. Der Frieden in der Stadt war wiederhergestellt und der Kandidatenkampf beendet.

„Ich hätte niemals gedacht, dass wir mitten in einem Wahlkampf landen", lachte Paul, während wir den Schauplatz verließen. „Aber irgendwie haben wir es doch wieder hingekriegt."

Eine Woche später wurden beide Brüder zu Co-Bürgermeistern gewählt und ich zog meinen Anspruch natürlich zurück – Bürgermeister zu sein, war nicht wirklich mein Ding.

Ich blieb noch eine Woche als Wahlbeobachter in der Stadt, dann war es Zeit, wieder aufzubrechen. Doch unser nächstes Abenteuer ließ nicht lange auf sich warten. Aber das kannten Paul und ich ja schon ...

3

Ich dachte, ich könnte endlich mal ausschlafen, doch schon am nächsten Morgen ich wurde von einem ohrenbetäubenden Krach geweckt. Unser Hotel, in dem Paul und ich abgestiegen waren, lag genau in der Einflugschneise eines großen Flughafens. Mist, drauf hatte ich beim Buchen nicht geachtet!

„Was zum …", murmelte ich verschlafen, rannte zum Fenster, vor dem gerade ein riesiger Wagen hielt.

„Hey, Matze, bist du bereit für deinen Jungfernflug?", rief jemand nach oben zum Fenster zu. „Wir haben keine Zeit zu verlieren!"

Paul schüttelte den Kopf. „Na großartig, das nächste Abenteuer. Aber wer ist eigentlich Matze?"

Das sollten wir sicherlich noch erfahren. Nun aber wurden wir erst einmal direkt zum Flughafen gebracht. Und was uns dort erwartete, ließ mich sprachlos zurück: Vor uns stand das größte Flugzeug, das ich je gesehen hatte.

„Zaubermaus, diesmal fliegst du ein echtes Monster!", sagte ich zu mir selbst und stieg ins Cockpit. Paul setzte sich neben mich und schüttelte lächelnd den Kopf.

Wir bereiteten uns auf den Start vor, doch kurz bevor es losging, erhielt ich eine beunruhigende Nachricht über Funk: Wir hatten einen gefährlichen Passagier an Bord, der unter strengster Bewachung stand. Als ich nach hinten in die 1. Klasse ging, um den mysteriösen Gast zu überprüfen, sah ich einen riesigen Mann in Ketten, umgeben von bewaffneten Sheriffs.

„Na toll", sagte ich zu Paul, als ich wieder im Cockpit war. „Das wird sicher spannend."

Der Flug verlief zunächst ruhig, bis wir in ein heftiges Unwetter gerieten. Die Maschine begann zu rütteln, und mein Co-Pilot Otto wurde nervös.

„Alles wird gut, Otto“, sagte ich beruhigend. „Wir kriegen das hin.“

Doch plötzlich klopfte es an der Cockpittür, und eine tiefe Stimme rief: „Öffnen Sie sofort oder ich schieße!“

Es war der Gefangene. Er hatte sich irgendwie befreit und drohte, Otto zu erschießen, wenn ich den Kurs nicht änderte. Doch als ich versuchte, den Kurs zu ändern, sah ich einen Leuchtturm direkt vor uns. In letzter Sekunde konnte ich die Maschine hochziehen, doch wir streiften den Turm und begannen, Richtung Wasser zu stürzen.

„Alle festhalten!“, rief ich durch das Mikrofon.

Die Maschine prallte hart aufs Wasser und wir sanken langsam auf den Meeresgrund. Zum Glück war die Notbeleuchtung intakt, doch das Flugzeug begann, Wasser einzulassen.

Inmitten des Chaos hörte ich ein kleines Kind rufen: „Da, eine Katze im Engelskostüm!“

Es war klar, dass nur Kinder mich in meiner wahren Gestalt sehen konnten.

Nach stundenlangem Warten tauchten endlich Taucher auf und begannen, die Maschine zu stabilisieren. Doch als ein panischer Passagier die Tür öffnen wollte, strömte Wasser ins Flugzeug. Ich konnte die Tür gerade noch schließen, doch das Wasser stand bereits hoch im Inneren des Flugzeugs. Dass es vorher nicht eingedrungen war, hatte ich übrigens nur den höllischen Kräften von Pauls Vater zu verdanken, doch das erfuhr ich natürlich erst viel später.

Mithilfe der Taucher schafften wir es schließlich, das Flugzeug mittels kräftiger Winden und einem riesigen Kranschiff an die Oberfläche zu bringen. Die Passagiere konnten alle gerettet werden, und auch die Kinder, die eingeschlossen waren, wurden befreit.

Als wir endlich festen Boden unter den Füßen hatten, sah mich eines der Kinder an und sagte: „Du bist wirklich ein Katzenengel!“

Paul lachte und klopfte mir auf die Schulter. „Na, wieder mal die Welt gerettet, Zaubermaus?"

Ich nickte und grinste. „Ja, aber ich bin trotzdem schon wieder bereit für den nächsten Auftrag. Bin gespannt, was kommt!"

Ganz unverhofft standen Paul und ich mitten in einer Tierklinik, direkt während einer laufenden Operation. Es roch nach Desinfektionsmittel und das grelle Licht über dem OP-Tisch blendete uns.

Paul sah sich um und flüsterte: „Du, Zaubermaus, das ist der berühmte Tierarzt, von dem schon der ganze Katzenhimmel erzählt hat.“

Bevor ich antworten konnte, ertönte eine kräftige Stimme: „Hey, ihr beiden! Seid ihr hier zum Quatschen oder um zu helfen? Die Bulldogge braucht eine neue Hüfte und die springt nicht von alleine rein! Ran an die Arbeit!“

Ich hatte nicht viel Zeit zu überlegen und fand mich plötzlich mitten im Geschehen. Das letzte Mal, dass ich so geschwitzt hatte, war vor vielen Jahren, als ich selbst auf einem OP-Tisch lag. Paul und ich packten mit an und nach gut drei Stunden war es geschafft: Die neue Hüfte war perfekt angepasst. Wir brachten die Bulldogge in den Aufwachraum, wo sie sich langsam erholen konnte.

Doch kaum hatten wir durchgeatmet, hörten wir lautes Geschrei aus dem Flur. Zwei Stimmen, hitzig und laut, als ob sie sich gleich an die Gurgel gehen würden. Paul und ich eilten nach draußen und sahen einen jungen Arzt, der wütend auf einen älteren Mann einschimpfte. Der Zorn in ihren Gesichtern war unübersehbar.

Bevor es eskalieren konnte, trat ich zwischen die beiden und sagte: „Hey, sofort aufhören! Was sollen die Patienten von euch denken? Und wer seid ihr überhaupt?“

Der junge Arzt sah uns an und antwortete: „Ich bin der Sohn dieses alten Mannes hier, der schon lange in Rente sein sollte. Stattdessen lässt er mich nur Kleintiere behandeln, während er die großen Fälle übernimmt!" Er schäumte fast vor Wut und hob drohend die Faust.

Paul warf mir einen fragenden Blick zu, ich konnte spüren, dass hier mehr dahintersteckte.

Der ältere Mann, offensichtlich der berühmte Dr. P. I., brummte zurück: „Wenn du damals besser aufgepasst hättest, dann wäre vielleicht die Katze heute noch am Leben!"

Der junge Arzt fauchte: „Sie hatte einen Herzfehler, verdammt noch mal! Glaubst du, du hättest sie retten können? Mir tat sie genauso leid, aber ich war machtlos!"

Paul beugte sich zu mir und flüsterte: „Meinst du, sie reden über dich?"

Ein mulmiges Gefühl beschlich mich. War es möglich, dass sie über mein altes Leben sprachen? Über die Zeit, bevor ich Zaubermaus wurde?

„Lass die Vergangenheit ruhen, Paul", sagte ich leise. „Es war nicht seine Schuld."

Es war klar, dass wir eingreifen mussten, um das Vertrauen zwischen Vater und Sohn wiederherzustellen.

Der nächste Tag begann wie gewohnt in der Tierklinik. Das Wartezimmer war voller Patienten, von kleinen Nagern bis hin zu großen Hunden. Dr. P. I. nahm sich die schwierigen Fälle vor, während sein Sohn, wie immer, die Kleintiere behandelte. Doch plötzlich stürmte eine junge Frau völlig aufgelöst in die Klinik.

„Bitte, Sie müssen mir helfen! Meine Raubkatze Mau Mau liegt draußen und atmet nicht mehr!"

Paul und ich tauschten einen besorgten Blick. „Raubkatze?", flüsterte Paul. Das klang nach einer ernsten Herausforderung. Der alte Dr. P. I. war gerade mitten in einer Operation, also blieb nur sein Sohn übrig, um zu helfen.

„Ich kann Ihnen helfen", sagte der junge Arzt entschlossen.

Die Frau zögerte, musterte ihn skeptisch. „Sie? Sind Sie wirklich ein Arzt?"

„Wenn Sie nicht wollen, dass Ihr Tiger stirbt, dann lassen Sie mich helfen!“, erwiderte er selbstbewusst. Sie nickte schließlich und wir eilten nach draußen.

Vor uns lag ein riesiger, weißer Tiger, kaum noch atmend. Es ging um Sekunden. Gemeinsam hoben Paul, der junge Arzt und ich das mächtige Tier vorsichtig hoch und brachten es in den OP-Raum.

Der Arzt entschied sich blitzschnell für einen Luftröhrenschnitt, damit der Tiger wieder atmen konnte. Es stellte sich heraus, dass der Tiger einen vier Zentimeter langen Holzstab verschluckt hatte, der seine Atemwege blockierte. Der junge Arzt handelte schnell und geschickt und innerhalb kürzester Zeit war die Gefahr gebannt. Der Tiger wurde in den Aufwachraum gebracht, die Frau war überglücklich.

„Er lebt!“, rief sie unter Freudentränen.

Doch kaum war die Erleichterung spürbar, platzte Dr. P. I. wütend in den Raum. „Was ist hier los?“, schrie er. „Ich habe euch doch gesagt, dass jeder Notfall mir gemeldet werden muss!“

Bevor wir reagieren konnten, mischte sich die Frau ein. „Wenn Ihr Sohn nicht gewesen wäre, wäre mein Tiger jetzt tot!“, entgegnete sie mit fester Stimme.

Dr. P. I. wurde kreidebleich, griff sich ans Herz und sackte plötzlich zusammen.

„Er hat einen Herzinfarkt!“, schrie jemand.

Wir mussten schnell handeln. Sein Puls war schwach und sein Zustand kritisch. Paul, der Sohn und ich taten alles, um ihn zu stabilisieren, bis der Rettungswagen eintraf. Dr. P. I. wurde ins Krankenhaus gebracht, wo er auf der Intensivstation überwacht wurde. Doch trotz der Aufregung musste die Klinik weiterlaufen.

Die Tage vergingen und Paul und ich halfen dem jungen Arzt, die Praxis zu führen. Jeder Tag erinnerte mich an meine eigene Vergangenheit, als ich vor Jahren auf einem OP-Tisch lag und starb. Doch diesmal war es meine Aufgabe, dem jungen Arzt zu helfen, das Vertrauen seines Vaters zu gewinnen und die Praxis zu übernehmen.

Eines Tages saßen wir nach einer erfolgreichen Operation an einem Fischotter, der sich mit einem Stubentiger angelegt hatte, im Pausenraum. Der Otter sah wieder wie neu aus, bis auf eine kleine Narbe als Andenken.

Plötzlich ging die Tür auf, und da stand Dr. P. I. – im Rollstuhl, aber entschlossen. Hinter ihm eine freundliche ältere Dame, wahrscheinlich seine Frau. „He, ihr drei, habt ihr nichts zu tun? Kaum bin ich mal nicht da, und schon geht hier alles drunter und drüber!", rief er, doch es lag ein Lächeln in seiner Stimme.

Sein Sohn stand auf und ging zu ihm. „Vater, du solltest dich noch schonen!"

Dr. P. I. seufzte tief und sagte: „Ich habe im Krankenhaus gehört, was für großartige Arbeit ihr geleistet habt, vor allem du, mein Sohn. Es tut mir leid, dass ich dich immer so hart rangenommen habe. Ich wollte, dass du so gut wirst wie ich."

Der Sohn schluckte sichtlich gerührt. „Warum führen wir die Praxis nicht gemeinsam, Vater? Du könntest dich auf die Kleintiere spezialisieren und bei den großen Fällen frage ich dich um Rat. So arbeiten wir als Team."

Tränen standen dem alten Doktor in den Augen. „Das hätte ich mir nie erträumt", flüsterte er. „Ich kann ohne Tiere einfach nicht leben."

Paul und ich standen abseits und lächelten uns zu. „Unsere Arbeit hier ist getan", flüsterte ich Paul zu.

Doch plötzlich drehte sich Dr. P. I. zu uns um und sagte: „Ich weiß, dass ihr nicht bleiben werdet, Zaubermaus und Paul. Die Tiere hier haben viel über euch erzählt. Ich danke euch. Und es tut mir leid, was damals passiert ist."

Ich ging zu ihm und umarmte ihn, und er wusste, dass ich ihm verziehen hatte. Paul drückte ihm ebenfalls die Hand und wir verabschiedeten uns von der Klinik, die nun in den besten Händen war.

Einige Monate später erreichte uns die traurige Nachricht, dass Dr. P. I. friedlich im Schlaf verstorben war – mit einem Lächeln auf den Lippen. Sein Sohn führte die Praxis genauso erfolgreich weiter, eine Gedenktafel zu Ehren seines Vaters schmückte den Eingangsbereich.

Paul und ich zogen weiter, bereit für den nächsten Auftrag, doch die Erinnerungen an Dr. P. I. und seine Tierklinik würden wir nie vergessen.

5

Paul und ich sollten heute jemanden ganz Besonderen kennenlernen. Wir fuhren gerade mit einem flotten Flitzer durch eine enge Gasse, als uns plötzlich eine laute Menschenmenge ins Auge fiel. Sie hatte sich um einen alten, etwas unscheinbaren Mann versammelt und schubsten ihn hin und her.

„Das kann doch nicht wahr sein!", rief Paul. Ohne lange zu überlegen, fuhren wir rechts ran und stiegen aus.

„Lasst den alten Mann in Ruhe!", rief ich der Menge zu, doch niemand schenkte uns Beachtung.

Der alte Mann flehte verzweifelt: „Bitte, lasst meinen Bo in Ruhe!"

Paul und ich sahen uns um – da war doch niemand außer ihm!

„Okay, genug ist genug", sagte ich entschlossen. Paul und ich griffen ein. Es dauerte gut zehn Minuten, bis wir es schafften, die Menge zu vertreiben.

Der alte Mann atmete schwer, wischte sich den Schweiß von der Stirn und bedankte sich bei uns. „Mein Name ist Bilbo", sagte er, „und das hier ist Bo."

Paul blickte mich verwirrt an. „Zaubermaus, siehst du hier noch jemanden?"

Ich schüttelte den Kopf. „Nein, hier ist nur er."

Paul wollte gerade einen Schritt zur Seite machen, als Bilbo plötzlich laut schrie: „Pass auf, da steht Bo!"

Paul stockte und sah ungläubig um sich. „Zaubermaus, ich glaube, der Alte hat nicht mehr alle Tassen im Schrank", flüsterte er mir zu und schmunzelte.

Doch plötzlich spürte Paul etwas Warmes an seinem Bein. „Oh nein!", rief er entsetzt. „Ich wurde gerade angepinkelt!"

Selbst ich musste lachen und Bilbo erklärte: „Das macht Bo immer, wenn man mir nicht glaubt."

Paul war genervt. „Na großartig", sagte er und sah sich um. „Und wo ist dieser Bo jetzt?"

Bilbo lächelte und deutete auf die Stelle neben Paul. „Direkt neben dir", sagte er gelassen.

„Zaubermaus, das wird immer verrückter", flüsterte Paul. „Siehst du jemanden?"

Ich schüttelte wieder den Kopf, aber es dämmerte mir langsam: Bilbo hatte sich offenbar einen unsichtbaren, virtuellen Freund erschaffen – Bo. Paul, der die Situation kaum fassen konnte, fragte mich leise: „Sollen wir da mitspielen?"

Ich nickte nur. Wir mussten das Rätsel auflösen.

Plötzlich hörten wir ein lautes Geschrei von einem Wurststand weiter vorne. Bilbo hatte sich davongeschlichen, von Weitem sahen wir nun einen Metzger, der mit einem riesigen Messer hinter ihm herrannte. Das Seltsame war jedoch, dass eine zwei Meter lange Wurstkette über die Straße geschleift wurde, doch niemand konnte sehen, wer sie trug.

Bilbo rannte um sein Leben und rief verzweifelt: „Bo! Bo, komm schnell!"

Der Metzger gab schließlich auf, doch wir waren besorgter denn je: Wer oder was war dieser Bo wirklich? War er nur ein Hirngespinst oder doch real? Wir rannten hinter Bilbo her und holten ihn schließlich ein. Er saß am Straßenrand und stopfte sich genüsslich die Würstchen in den Mund.

Doch dann sagte Paul plötzlich: „Zaubermaus, schau mal. Da isst noch jemand mit!"

Tatsächlich – ein unsichtbarer Esser schien sich ebenfalls über die Würstchen herzumachen. Langsam begann uns beiden mulmig zu werden.

Plötzlich hörten wir Polizeisirenen. Bevor wir reagieren konnten, waren wir von Polizisten umzingelt. „Keine Bewegung!", rief einer der Beamten, und ehe wir uns versahen, wurden wir alle drei – oder sollten wir sagen vier? – festgenommen.

Schon saßen Paul, Bilbo und ich im Polizeiauto, das mit Blaulicht Richtung Revier fuhr.

„Das ist ja mal wieder eine großartige Situation", murmelte Paul sarkastisch.

Bilbo hingegen grinste nur zufrieden vor sich hin und murmelte leise: „Bo ist auch hier, ihr braucht keine Angst zu haben."

Nach gut zehn Minuten wurden wir nicht gerade freundlich in eine Zelle geschubst. „Habt ihr den Bekloppten gehört, der die ganze Zeit nach Bo ruft?", lachte einer der Polizisten. „Den sollte man für immer wegsperren."

Doch bevor sie den Raum verlassen konnten, stolperten die beiden Beamten plötzlich und fielen der Länge nach hin. „Was zum …?", rief einer verwirrt, während Bilbo laut lachte.

„Das habt ihr davon! Bo, komm her", rief er, und wir spürten erneut diesen leichten Windzug. Doch sehen konnten wir natürlich nichts.

Gerade als wir uns fragten, wie wir aus dieser absurden Situation wieder herauskommen sollten, öffnete sich plötzlich die Tür. Ein gut aussehender Mann, offenbar ein Anwalt oder jemand in hohem Amt, trat ein. „Wer von euch ist Zaubermaus?", fragte er streng. Paul und Bilbo deuteten sofort auf mich.

„Kommen Sie mit", sagte er und führte mich in einen großen, prunkvollen Raum.

An einem Tisch konnte ich einen finster dreinblickenden Richter erkennen. „Bist du Zaubermaus?", fragte er direkt.

„Kommt darauf an", antwortete ich vorsichtig. „Was, wenn ich es wäre?"

Der Richter lehnte sich vor und sprach ernst: „Wenn du es bist, musst du Bilbo und Bo helfen. Du musst beweisen, dass virtuelle Freunde wirklich existieren."

Ich stutzte. „Woher wissen Sie von ihnen?", fragte ich verblüfft.

Der Richter seufzte tief und winkte mich näher. „Komm her, Zaubermaus."

Zögernd trat ich vor, und als ich näher kam, fiel mir auf, dass der Richter keine Beine hatte. Mit leiser Stimme sagte er: „Ich habe meine Beine verloren, weil ich damals Bilbo und Bo ausgelacht habe. Ich hätte auf ihre Warnung hören sollen." Seine

Augen glänzten traurig. „Morgen wird die Gerichtsverhandlung sein und du musst mir helfen, eine gerechte Entscheidung zu treffen.“

Am nächsten Tag war es so weit. Der Gerichtssaal war bis zum Bersten gefüllt, die Medien waren ebenfalls zahlreich vertreten. Die Spannung im Saal war greifbar, als der Richter hereinkam und alle sich erhoben. Die Anklage gegen Bilbo klang erschreckend: Ihm wurde vorgeworfen, mit Bo bereits mehrfach in Schwierigkeiten geraten zu sein. Diesmal sollte es jedoch ernster werden als je zuvor.

Zeugen traten auf, die Bilbo belasteten, doch jedes Mal passierte etwas Seltsames: Ein Zeuge wurde plötzlich von einer fliegenden Tomate getroffen, ein anderer griff statt zum Wasserglas versehentlich zum Tintenfass und nahm einen Schluck. Einige im Publikum lachten, aber die Stimmung blieb angespannt.

Schließlich hielt ich es nicht mehr aus und erhob mich. „Jetzt ist Schluss mit diesem Zirkus!“, rief ich laut. „Ich möchte wissen: Wer von euch hat noch nie mit sich selbst oder mit einem Haustier geredet? Wer das noch nie getan hat, der soll jetzt den Raum verlassen!“

Der Saal wurde totenstill.

Doch dann rief jemand plötzlich: „Mir hat gerade jemand auf die Hose gepinkelt!“

Bilbo grinste und rief: „Bo, komm zurück, es reicht jetzt.“ Und tatsächlich, eine kleine weiße Wolke erschien mitten im Raum. Alle starrten gebannt darauf.

Die Wolke sprach mit einer sanften, aber deutlichen Stimme: „Hallo, ich bin Bo. Ihr braucht keine Angst zu haben, ich bin ein kleiner Geist. Bilbo fand mich vor vielen Jahren und gab mir den Namen Bo. Ich habe ihm oft geholfen, aber auch Schwierigkeiten bereitet. Vielleicht bin ich wirklich nur in seiner Vorstellung. Vielleicht gibt es virtuelle Freunde, vielleicht aber auch nicht. Überlegt es euch gut.“ Die Wolke verschwand, und der Saal war so still, dass man eine Nadel hätte fallen hören können.

Nach einigen Stunden Beratung kehrte der Richter zurück, alle warteten gespannt auf das Urteil. „Auch ich hatte einen Freund, den niemand sehen konnte", begann der Richter. „Ich darf Bilbo nicht verurteilen. Wir haben heute Dinge gesehen, die niemand erklären kann. Vielleicht sind sie real, vielleicht nicht – aber im Herzen wissen wir, dass es gut ist, einen Freund zu haben, selbst wenn er unsichtbar ist. Ich spreche Bilbo frei."

Der Jubel war groß, doch als sich die Menge beruhigte, bemerkten wir: Bilbo und Bo waren verschwunden. Alles, was zurückgeblieben war, war ein Zettel auf dem Boden:

Einen lieben Gruß von Bilbo und Bo.
Mich kann man nicht wegsperren.

Paul sah mich an und schüttelte den Kopf. „Tja, Zaubermaus, was für ein Abenteuer!" Wir beide lachten und machten uns auf den Weg.

6

Eigentlich hatte ich gehofft, *heute* endlich mal ein bisschen länger schlafen zu können. Doch plötzlich riss mich ein lautes Klopfen an der Tür aus dem Schlaf. Eine eisige Stimme brüllte: „He, ihr Faulpelze, raus aus den Federn! Die Arbeit ruft! Oder glaubt ihr, der Tiertransport fährt von alleine los?"

Paul und ich sprangen aus dem Bett, zogen uns schnell an und rannten nach draußen. Dort standen wir nun, im Morgengrauen vor zwei großen Lkw, die bis obenhin mit Kühen und Schweinen beladen waren. Die Tiere standen so eng zusammen, dass sie kaum Platz zum Atmen hatten. Ihr trauriger Blick bohrte sich tief in unsere Herzen.

Paul sah mich an und fragte ernst: „Zaubermaus, du willst das doch jetzt nicht wirklich unterstützen und diesen Lkw fahren, oder?"

Ich seufzte. „Paul, anscheinend haben wir keine Wahl. Es ist unser Auftrag."

Kurz darauf bekamen wir die Route: Ziel war ein Schlachthof. „Oh nein", flüsterte Paul entsetzt. „Die armen Tiere."

Wir sahen uns ihnen in die Augen – und die Verzweiflung der Tiere war greifbar. Doch es war unsere Aufgabe, sie zum Schlachthof zu bringen. Widerwillig stiegen wir in die Lkw und fuhren los, die Landstraße entlang.

Wir hatten drei Tage Zeit, um den Schlachthof zu erreichen. Also hieß es, Gas geben, um nicht in Verzug zu geraten – und bloß nicht beim Rasen erwischen lassen.

Nach acht langen Stunden Fahrt legten wir schließlich die erste Rast ein. Wir parkten die Lkw auf einem abgelegenen Parkplatz, und als wir ausstiegen, meinte Paul plötzlich: „Zaubermaus, ich habe das Gefühl, dass uns jemand seit gut zwei Stunden verfolgt."

Ich sah mich um, konnte aber nichts Verdächtiges erkennen. „Paul, du bist sicher einfach übermüdet. Lass uns nach den Tieren schauen und dann ein wenig Schlaf bekommen."

Wir gingen zu den Lkw und streichelten die Tiere, die uns mit ihren Kulleraugen ansahen. Ihr Schicksal schien unausweichlich, und das Wissen, dass sie auf ihre letzten Stunden zusteuerten, machte uns traurig.

„Zaubermaus", sagte Paul leise, „können wir wirklich gar nichts tun?"

„Ich weiß es nicht, Paul", flüsterte ich zurück. „Manchmal sind auch wir nur Schachfiguren."

Die Nacht war kurz, denn schon vor Sonnenaufgang mussten wir wieder weiterfahren. Paul fuhr hinter mir her, als er plötzlich über Funk meldete: „Zaubermaus, ich hab's wieder im Gefühl – ich bin mir sicher, wir werden verfolgt. Da sind zwei kleine Lkw, die uns dicht auf den Fersen sind!"

„Bleib ruhig, Paul", antwortete ich. „Die überholen uns bestimmt gleich, da ist bestimmt nichts."

Doch kaum hatte ich die Worte ausgesprochen, schnitten uns die beiden Lkw plötzlich den Weg ab. Ich musste hart bremsen, um nicht über den Abgrund zu fahren, und auch Paul schaffte es gerade nur so, seinen Lkw wieder unter Kontrolle zu bringen. Die Verfolger waren jedoch plötzlich wie vom Erdboden verschluckt.

„Von wegen nur eingebildet!", rief Paul über Funk. „Die kommen bestimmt wieder, das schwöre ich dir!"

Und Paul sollte recht behalten. Kurz darauf tauchten die Verfolger erneut auf und blockierten uns diesmal die Straße. Ich konnte sehen, dass sie schwer bewaffnet waren.

„Paul, drück das Gaspedal durch! Wir fahren einfach durch die Blockade!" Ich trat aufs Gas und raste direkt auf die Absperrung zu. Gerade als ich die Blockade durchbrach, hörte ich Schüsse. Einige Kugeln trafen die Reifen meines Lkw und ich geriet ins Schleudern. Schließlich kam mein Lkw mitten auf der Straße zum Stehen. Stille.

„Zaubermaus, alles okay bei dir?", meldete sich Paul über Funk.

„Ja, soweit alles in Ordnung. Und bei dir?"

„Auch okay. Aber schau mal in den Rückspiegel."

Ich drehte mich um und sah, dass die Verfolger direkt hinter uns standen, diesmal mit Masken auf. Die Lage sah wirklich übel aus.

Ich öffnete meine Tür, nur um direkt in den Lauf eines Schrotgewehrs zu starren. Paul war ebenfalls ausgestiegen und ihm erging es nicht besser.

Die Maskierten schrien uns an: „Kniet nieder, sofort!"

Ich rief noch: „Paul, tu, was sie sagen!" Doch wie immer musste er einen Kommentar abgeben und kassierte dafür ein paar Schläge. Die Verfolger waren gnadenlos.

„Ihr werdet genauso leiden wie die Tiere in euren Lkw!", brüllte einer der Maskierten. „Rein zu den Schweinen, da, wo ihr hingehört!"

Zögernd stiegen wir in einen der Lkw – zwischen die Schweine und Kühe. Uns war klar, wie eng es für die Tiere war, und jetzt erlebten wir es am eigenen Leib. Der Lkw setzte sich wieder in Bewegung, aber diesmal hatten die Verfolger das Steuer übernommen.

Nach einer gefühlten Ewigkeit hielten wir auf einem weiten Stück Land an. Überall standen Tiere: Esel, Schafe, Pferde – eine regelrechte Arche aus allen möglichen Tierarten. Wir wurden aus dem Lkw gezerrt und erneut mit Gewehren bedroht.

„Na, noch einen letzten Wunsch, bevor ihr vor eurem Schöpfer steht?", fragte einer zynisch.

Paul schluckte hart und sagte: „Ja, ich würde schon gern wissen, wer ihr seid."

Der Anführer der Gruppe trat vor und sagte: „Wir sind Tierschützer. Wir kämpfen seit Jahren gegen die Missstände in der Tierhaltung und bei Tiertransporten. Doch nun hatten wir die Schnauze voll. Mit Spendengeldern haben wir dieses Land gekauft und nehmen die Sache selbst in die Hand. "

Paul sah mich mit panischen Augen an.

„Zaubermaus, es war mir eine Ehre, mit dir zusammenzuarbeiten", sagte er mit einem bitteren Lächeln.

Doch plötzlich schien einer der Tierschützer den Namen *Zaubermaus* zu erkennen. „Leute, macht keine Dummheiten! Das sind Zaubermaus – der Katzenengel und sein Freund Paul! Ich habe euch doch von den beiden erzählt."

„Und die fahren einen Lkw voller Tiere zum Schlachthof?", lachte einer der anderen spöttisch. „Helden sehen anders aus!"

„Hätten wir das gewusst, hätten wir den Job nicht angenommen!", erwiderte ich scharf. „Wenn ihr keinen Ärger wollt, helft uns, den Schlachthof anzuzeigen. Wir beweisen, dass die Tiere dort nicht artgerecht geschlachtet und transportiert werden."

Nach einer hitzigen Diskussion einigten wir uns mit den Tierschützern. Es war nicht leicht, den Schlachthof zur Rechenschaft zu ziehen, aber letztlich bekamen sie eine hohe Geldstrafe auferlegt. Paul und ich versprachen den Tierschützern, uns in Zukunft noch mehr für Tiere einzusetzen.

„Das hätte schlimm enden können", sagte Paul, als wir uns verabschiedeten. Die Tierschützer waren erleichtert, dass sie uns nicht ins Jenseits hatten befördert müssen. Wir halfen ihnen eine Weile, bis der Katzengott uns schließlich zu unserem nächsten Auftrag rief. Noch heute kämpfen viele Tierschützer für die Rechte der Tiere. Und auch wir können alle einen kleinen Beitrag leisten, indem wir nicht wegsehen, sondern handeln – so wie Paul und ich.

7

Unser nächster Auftrag führt uns auf ein Walfangschiff, wir sollten sicherzustellen, dass der Walfänger sich an die strengen Auflagen hielt, die ihm auferlegt worden waren. Tierschutz hatte für uns ja nun eine neue Dimension, seitdem wir von den Tierschützern entführt worden waren. In letzter Zeit, so hatte diese uns erzählt, waren wieder viele Wale illegal gejagt, abgeschlachtet und ihre Körper zurück ins Meer geworfen worden – einige von ihnen waren sogar noch am Leben, als sie zurück ins Wasser fielen und qualvoll starben. Paul und ich waren natürlich alles andere als begeistert davon, unsere Aufgabe war es, solche Grausamkeiten zu verhindern.

Paul, wie immer nicht seetauglich, hing über der Reling und übergab sich ständig. Der Sturm peitschte die Wellen hoch, die See war rau.

Plötzlich schrie einer der Männer: „Wale voraus!"

Wir eilten zur Reling und sahen in der Ferne eine riesige Walfamilie. Ich machte den Kapitän sofort darauf aufmerksam, dass unter den Walen auch Jungtiere waren und er sich gut überlegen solle, ob er wirklich angreifen wolle.

Doch der Kapitän lachte nur verächtlich und rief: „Halt die Klappe, du Grünschnabel!" Er drehte sich weg, völlig unbeeindruckt von meinen Worten.

„Zaubermaus, das lässt du dir doch nicht gefallen, oder?", fragte Paul aufgebracht.

Ich wollte gerade antworten, als plötzlich einer der Matrosen rief: „Achtung, ein Wal will das Schiff rammen!"

Der Kapitän schrie zurück: „Volle Kraft voraus. Macht die Harpunen klar!" Doch bevor jemand handeln konnte, ertönte ein dumpfes Geräusch – irgendetwas hatte sich in der Schiffsschraube verfangen.

Einer der Männer schaute nach und sagte kalt: „Nur ein Wal, der sich verfangen hat. Er kämpft um sein Leben."

„Paul!", rief ich, doch da war es schon zu spät. Paul sprang von Bord und tauchte unter.

„Mann über Bord!", schrie einer der Skipper und der Kapitän befahl sofort, die Maschinen zu stoppen.

Ich konnte Paul nicht sehen, und mein Herz schlug schneller vor Sorge. Endlich tauchte der Wal auf, befreit, schwer verletzt, doch von Paul fehlte immer noch jede Spur.

Dann, nach scheinbar endlosen Minuten, kam Paul keuchend an die Oberfläche.

„Paul! Was hast du dir dabei gedacht?", fragte ich erschrocken.

„Wir müssen hier so schnell wie möglich weg!", keuchte Paul. „Der Kapitän hat das Walweibchen getötet, das Junge wurde schwer verletzt. Es wird sicherlich auch sterben. Das Walmännchen hat sich das Gesicht des Kapitäns gemerkt. Du weißt, was das bedeutet – er will Rache."

Der Kapitän ordnete an, dass wir zurück ans Festland fahren sollten. Als wir endlich gegen Abend den Hafen erreichten, war die Stimmung bedrückt. Paul und ich sprachen kaum ein Wort – die Brutalität, die wir gesehen hatten, machte uns sprachlos.

Am nächsten Morgen entdeckten wir am Strand den toten Wal. Es war das Weibchen, das die Walfänger brutal ermordet hatten. „Wie ist sie hierhergekommen?", fragte Paul verwirrt. „Die Strömung ist doch viel zu schwach!"

„Das war das Walmännchen", sagte ich leise. „Er hat sie hergebracht, um uns zu zeigen, was passiert ist."

Immer wieder hörten wir den Schrei des Wals in der Ferne, doch der Kapitän lachte nur höhnisch. „Rache? Humbug!", sagte er.

Doch die Rache sollte ihn bald einholen. In dieser Nacht wurden wir von einer gewaltigen Explosion geweckt. Ein riesiger Feuerball erhellte den Himmel – das Tanklager im Hafen war in die Luft geflogen. Als ich zum Meer schaute, sah ich den Wal, wie er hochsprang und wieder ins Wasser prallte. Einige Schiffe fingen in Folge der Explosion Feuer, und viele Bewohner der Hafengegend hatten nun Angst, dass der Fluch des Wals auch sie treffen könnte.

Doch der Kapitän lachte weiterhin. Am nächsten Tag feierte er mit seinen Freunden den Erfolg des Walfangs, ohne an das zu denken, was in der Nacht zuvor geschehen war. Doch plötzlich spürten wir ein starkes Ruckeln unter seinem Stelzenhaus, das ins Meer hinein gebaut war. Der Wal war wieder da, diesmal rammte er die Stützen des Hauses. Das Gebäude geriet in Schräglage und der Wal tauchte mitten unter uns auf. Mit einem schnellen Biss riss er einem der Männer ein Bein ab und verschwand wieder in der Tiefe. Der Kapitän wusste nun, dass er den Wal auf offener See stellen musste.

Seine Mannschaft arbeitete die ganze Nacht daran, sein Boot wieder fahrtüchtig zu machen, das auch von der Explosion in Mitleidenschaft gezogen worden war.

„Lasst mich das alleine zu Ende bringen!", sagte der Kapitän schließlich entschlossen. Doch Paul und ich beschlossen, uns heimlich an Bord zu schleichen. Wir wollten sehen, wie die Geschichte weiterging.

Wir folgten mit dem Schiff dem Wal aufs offene Meer, immer wieder hörten wir seine Schreie. Der Kapitän war voller Zorn und schrie hinaus: „Komm und hol mich, du Biest!"

Doch der Wal blieb ruhig und führte uns immer weiter hinaus, bis wir schließlich im Eismeer ankamen. Die Kälte kroch uns in die Knochen, die Eisberge kamen gefährlich nahe.

„Zaubermaus, ich glaube, der Wal versucht uns in eine Falle zu locken!", rief Paul plötzlich. „Schau mal, er schiebt diesen Eisberg direkt auf uns zu!"

Ein riesiger Eisberg trieb bedrohlich auf uns zu, ich rief: „Spring auf das Eis, Paul!"

Im letzten Moment retteten wir uns von Bord, doch das Schiff wurde getroffen und sank, der Kapitän landete schwer verletzt auf einer Eisscholle. Mit einem lauten Knacken zerbrach das Eis unter ihm und der Wal tauchte erneut auf. Er schob den Kapitän ins eiskalte Wasser, der Mann war hilflos. Er ertrank vor unseren Augen, denn wir konnten ihm nicht helfen. Das wäre zu gefährlich geworden.

Paul sah mich mit angstvollen Augen an und fragte: „Zaubermaus, wird der Wal uns auch angreifen?"

„Nein, Paul", sagte ich leise. „Seine Rache ist gestillt. Er wird nun in Frieden sterben können."

„Aber du wirst ihm doch helfen, oder?", fragte Paul.

Ich schüttelte den Kopf. „Nein, Paul, das ist seine Entscheidung. Seine Familie ist tot, er will in die Tiefe gehen, um dort seinen letzten Atemzug zu tun."

Paul weinte. „Bitte, Zaubermaus, mach was!"

„Dieses Mal darf ich nicht eingreifen, Paul."

In diesem Moment hörten wir das Rattern eines Hubschraubers. „Schau, Paul, wir werden zurück ans Ufer gebracht."

8

Nach unserem intensiven Erlebnis auf dem Walfangschiff hätten Paul und ich eigentlich etwas Ruhe verdient gehabt. Doch kaum waren wir zurück an Land, als wir einen neuen Auftrag erhielten: Wir sollten nach Afrika reisen, um einen illegalen Elefantenjäger zu stellen.

Es war mitten in der Nacht, als wir am Rand einer Savanne ankamen. „Da, siehst du das?", flüsterte Paul.

In der Ferne waren mehrere Lichter zu sehen, die sich durch die Dunkelheit bewegten. Ein Elefantenbaby schrie verzweifelt, als es auf einen Lastwagen aufgeladen wurde. Die Mutter lag reglos auf dem Boden – sie war bereits getötet worden.

„Wir müssen schnell handeln!", sagte ich und rannte los.

Paul folgte mir dicht auf den Fersen. Als wir näher kamen, sahen wir die Jäger, die sich gerade bereit machten, das Elfenbein der toten Elefanten zu entfernen.

„Das werden wir nicht zulassen!", rief ich laut und sprang vor die Männer. Sie sahen mich an, überrascht von meinem Auftauchen.

Doch diese Jäger waren anders als die Walfänger – sie zögerten nicht und griffen sofort an. Ein Schuss peitschte durch die Luft und Paul und ich mussten uns hinter einen Felsen in Sicherheit bringen.

„Paul, wir brauchen einen Plan!", flüsterte ich.

Aber bevor ich weitersprechen konnte, hörten wir plötzlich das Stampfen von Hufen. Ein riesiger Elefantenbulle rannte auf die Jäger zu, als hätte er unseren Hilferuf gehört. Die Jäger gerieten in Panik und flohen in alle Richtungen, doch der Elefant ließ sie nicht entkommen. Einer nach dem anderen wurde zu Boden geschleudert – die Männer gaben schließlich auf.

Paul und ich traten vorsichtig aus unserer Deckung hervor.

„Danke, mein Freund", sagte ich leise zu dem Elefanten, der sich nun ruhig neben dem Elefantenbaby niederließ, das wir bereits vom Wagen geholt hatten.

„Was machen wir jetzt, Zaubermaus?", fragte Paul.

„Wir bringen das Elefantenbaby in Sicherheit", antwortete ich. „Und sorgen dafür, dass diese Jäger nie wieder einem Tier Schaden zufügen können."

Einige Tage später verließen Paul und ich Afrika, mit dem Wissen, dass wir wieder einmal Leben gerettet und Gerechtigkeit gebracht hatten.

9

Am nächsten Tag war Paul besonders schlecht drauf. Ich wusste genau, was ihn beschäftigte – er hatte wieder eine Nachricht von seinem Vater erhalten, dem Höllenfürsten höchstpersönlich. Und wenn sein Vater sich meldete, bedeutete das nie etwas Gutes. Paul war schweigsam und wirkte gequält und ich wusste, dass diese familiären Angelegenheiten schwer auf ihm lasteten. Er versuchte es zu verbergen, aber ich konnte ihm ansehen, dass es ihn tief traf.

Als wir uns auf den nächsten Auftrag vorbereiteten, spürte ich, dass etwas Großes auf uns zukam. Plötzlich stand ich hinter einem Tresen. Zum Glück bemerkte ich noch rechtzeitig, dass mein kleiner Katzenschwanz hervorschaute, und versteckte ihn schnell unter meiner Schürze. Doch dann erblickten meine Katzenaugen etwas, das mich kurz innehalten ließ: Überall im Raum tanzten halb nackte Frauen, während die Männer an den Tischen saßen und sie gierig begafften. Einige von ihnen versuchten sogar, mich hinter dem Tresen zu begrapschen.

Einer von ihnen wagte es, seine Hand nach mir auszustrecken. Ob ich ihm eine verpassen sollte? Aber klar! Ohne nachzudenken, ließ ich meine Krallen ausfahren und verpasste ihm eine. Leider hatte ich dabei vergessen, sie einzuziehen – er würde nun ein hübsches Andenken von mir haben. Tja, selbst schuld!

Doch je länger ich mich in diesem Laden umsah, desto unwohler wurde mir. Die Frauen, die hier herumliefen, wirkten nicht glücklich. Es fühlte sich an, als wären sie gezwungen, hier zu sein. Die Männer packten sie ständig an, einige der Frauen wehrten sich mit Ohrfeigen, andere schienen es widerwillig zu ertragen.

Doch das war nicht das Schlimmste. Als ich den Geschäftsführer beobachtete, wurde mir klar, dass er die Frauen nicht nur wie Ware behandelte – er war ein Frauenhändler! Die Frauen hier waren entweder entführt worden oder mussten Schulden abarbeiten, er kontrollierte sie mit eiserner Faust.

Ich wollte den Frauen helfen, aber ich musste vorsichtig vorgehen. Also hatte ich für diesen Auftrag die Gestalt einer Katze behalten und mich nicht verwandelt, was mir ein vertrautes, fast schon beruhigendes Gefühl gab. Es war lange her, dass ich so in der Öffentlichkeit aufgetreten war. Ich sprang auf den Schoß einer jungen, blonden Frau und schnurrte leise in ihr Ohr.

„Oh, du bist aber süß", sagte sie sanft und streichelte mich. „Wie bist du nur hier reingekommen? Unser Chef hasst Katzen – er hat eine Katzenhaarallergie."

Das war meine Gelegenheit. „Psst, bitte sei leise", flüsterte ich ihr zu. „Ich bin Zaubermaus! Und ich bin hier, um euch zu helfen."

Die Frau starrte mich mit großen Augen an. „Eine sprechende Katze? Oh mein Gott!"

„Sei ruhig", bat ich sie erneut. „Ich will euch hier rausholen."

Sie erzählte mir schließlich ihre Geschichte und mein Herz brach bei dem, was sie hatte durchmachen müssen. Doch bevor wir weiterreden konnten, öffnete sich die Tür mit einem lauten Krachen.

„Was soll diese Katze hier?", brüllte der Geschäftsführer. „Ich hasse Katzen! Ich mach aus dem Biest einen Bettvorleger!"

Ich sprang schnell vom Schoß der Frau und versteckte mich hinter dem Tresen, um eine menschliche Form anzunehmen.

Der Chef kam direkt auf mich zu und forderte wütend: „Los, gib mir ein Getränk!"

Ich goss ihm etwas ein, doch als ich ihm das Glas reichte, sah ich mich plötzlich in den Lauf eines Schrotgewehrs. Der Typ meinte es ernst.

„Wo ist die verdammte Katze?", schrie er. „Wenn du sie nicht findest, bist du tot!"

Mein Herz raste, aber ich zwang mich zur Ruhe. Ich sah ihm tief in die Augen und sagte: „Du stehst direkt vor ihr, du Trottel."

Oh nein, hatte ich das wirklich laut gesagt?

Zu meinem Erstaunen lachte der Typ. „Guter Witz, gefällt mir!“ Doch bevor er sich wieder umdrehen konnte, knallte ihm eine der Frauen eine Flasche über den Kopf.

Ich war überrascht. „Was habt ihr getan?“, fragte ich, doch die Frauen hatten bereits die Initiative ergriffen. Sie fesselten den Geschäftsführer an einen Stuhl, zogen ihm seine Kleidung aus und begannen, ihm zu drohen.

Doch anstatt Angst zu zeigen, lachte er nur höhnisch. „Ihr glaubt, dass ihr hier rauskommt?“, spottete er. „Ich habe die Kontrolle, nicht ihr!“

Es war an der Zeit, dass ich mich richtig vorstellte. Die Frauen konnten es kaum glauben, als ich mich in meine wahre Gestalt verwandelte – eine riesige Katze mit Engelsflügeln und einem leuchtenden Heiligenschein. Ich trat auf den Mann zu und flüsterte ihm ins Ohr: „Wenn du diesen Frauen jemals wieder ein Haar krümmst, wirst du mich nie vergessen – ich werde das Letzte sein, was du jemals siehst.“

Der Geschäftsführer wurde plötzlich blass. „Okay, okay! Geht, ihr seid frei! Lasst euch hier nie wieder blicken!“

Ich nickte den Frauen zu und sie verließen schnell das Gebäude. Der Chef kam zu mir, gab mir meinen Lohn und sagte nur: „Du bist gefeuert.“ Dann warf er mir den Schlüssel zu und ging.

Das wars? Ich war erstaunt, wie schnell der Auftrag zu Ende gegangen war. Ich schloss das Gebäude ab, sah zu Paul hinüber, der die ganze Zeit still gewesen war, und fragte: „Alles in Ordnung?“

Paul sah mich mit einem ernsten Gesicht an. „Nicht wirklich“, sagte er leise. „Mein Vater hat sich wieder gemeldet, Zaubermaus. Das bedeutet Ärger.“

„Was hat er gesagt?“, fragte ich besorgt.

„Er will, dass ich zurückkomme“, antwortete Paul mit schwerem Herzen. „Er hat Pläne für mich. Und du weißt, was das bedeutet – nichts Gutes.“

„Paul“, sagte ich sanft, „du musst deinem Vater nicht folgen. Du hast Besseres verdient als seine Hölle.“

Paul nickte, aber ich konnte sehen, dass der innere Kampf in ihm tobte. Es war nie einfach für ihn, sich gegen seinen Vater, den Höllenfürsten, zu stellen. Ich wusste, dass dies ein dunkles Kapitel in seinem Leben war, und ich hoffte nur, dass er stark genug war, um den richtigen Weg zu wählen.

Gerade als ich das dachte, hörte ich die Stimme des Katzengotts in meinem Kopf. „Komm, Paul", sagte ich. „Wir haben noch ein Abenteuer vor uns. Das wird dich auf andere Gedanken bringen."

Er seufzte tief und sagte: „Ja, vielleicht ist das genau das, was ich jetzt brauche."

Und so machten wir uns auf den Weg in ein weiteres Abenteuer, mit der Dunkelheit, die über uns schwebte, und der Hoffnung, dass wir diesmal alle Schatten vertreiben könnten.

10

Nachdem wir unseren letzten Auftrag abgeschlossen hatten, landeten wir direkt in einem neuen – ohne Pause, wie immer. Diesmal war es ein schickes Luxushotel, in dem wir auftauchten, und Paul sah aus, als ob er der Hotelpage wäre, der die Koffer der Reichen schleppen musste. Sein Gesichtsausdruck war alles andere als erfreut.

Ich hingegen trug einen eleganten dunklen Anzug und eine goldene Uhr am rechten Handgelenk. Paul schaute mich mit einem bitteren Blick an und sagte: „Das ist mal wieder typisch, du bist der Boss und ich darf hier schuften!"

Ich grinste nur. „Reg dich nicht so auf, Paul. Draußen warten Gäste, die ihre Koffer auf ihre Zimmer gebracht haben wollen."

„Ja, ja, schon gut, ich mach's ja schon", murrte Paul und stapfte davon.

Ich konnte mir das Lächeln nicht verkneifen, aber im Hinterkopf fragte ich mich, was wir hier überhaupt tun sollten. Das Hotel war brandneu, erst kürzlich eröffnet worden, alles schien in Ordnung. Die Gäste waren zufrieden, der Betrieb lief reibungslos. Es gab keine Anzeichen für Probleme – zumindest auf den ersten Blick.

Während Paul mit den Koffern kämpfte – der Fahrstuhl war übrigens kaputt, was ihn noch mehr frustrierte – beschloss ich, einen Abstecher in die Küche zu machen. Doch als ich die Küchentür öffnen wollte, knallte sie mir direkt gegen den Kopf. Der Küchenchef jagte einem kleinen, wuscheligen Hund hinterher, der gerade eine Gans vom Tisch gemopst hatte! Der Hund war flink und entkam dem Koch mühelos. „Jedes Jahr falle ich auf den gleichen Trick rein!", rief der Chefkoch verzweifelt und rannte weiter hinter dem Dieb her. Ich musste laut lachen, doch es gab Wichtigeres als den frechen Hund.

Paul tauchte schließlich wieder auf – völlig außer Atem und verschwitzt. „Der Fahrstuhl ist kaputt, ich musste alle Koffer die Treppen hochschleppen!", klagte er. Man sah ihm an, dass er es nicht leicht gehabt hatte – und irgendwie tat er mir schon ein bisschen leid.

Doch plötzlich passierte etwas, womit wir überhaupt nicht gerechnet hatten. Im 25. Stock, dort, wo die Küche war, brach plötzlich ein Feuer aus. Die Alarmglocken schrillten. Anstatt dass alle Gäste nach draußen liefen, rannten sie nach oben – bis einer rief: „Unten brennt es auch!"

„Oje", murmelte ich, „das wird immer schlimmer." Zu allem Überfluss funktionierte die Sprinkleranlage nicht. „Paul, weißt du irgendwas darüber?", fragte ich besorgt.

„Nein, Zaubermaus", antwortete er nervös, „aber es wird heiß hier. Wir müssen nach oben, schnell!"

Wir kämpften uns zum großen Tanzsaal durch, wo gerade die Eröffnungsfeier des Hotels stattfand. Die Gäste ahnten noch nichts von der Gefahr. Die Sprinkleranlage war immer noch nicht aktiv, wir hatten also keine Zeit zu verlieren.

„Paul, wie verhindern wir hier eine Massenpanik?", fragte ich, während mir das Herz bis zum Hals schlug.

Paul warf einen Blick aus dem Fenster und flüsterte: „Der Feueralarm funktioniert zumindest – man kann die Flammen schon von Weitem sehen!"

Kurze Zeit später kam uns der Brandschutzbeauftragte kreidebleich entgegen. Er flüsterte mir ins Ohr, dass die Sprinkleranlage defekt sei und gerade repariert werde.

„Das ist nicht dein Ernst!", schrie ich ihn an. „Das Hotel steht in Flammen und ihr bekommt die Anlage nicht zum Laufen?"

Der Rauch breitete sich immer weiter aus, wir hatten keine andere Wahl, als die Fenster einzuschlagen. Rettungshubschrauber kreisten bereits über dem Gebäude und versuchten, uns über Seile zu retten. Doch der Wind war stark – es wurde immer gefährlicher. Einige der Gäste wurden panisch und begannen sich zu prügeln, jeder wollte als Erster gerettet werden. Die Situation eskalierte schnell, als zu viele Menschen in eine Rettungskapsel sprangen. Das Seil riss, die Kapsel stürzte in die Tiefe.

„Zaubermaus!", rief Paul entsetzt, aber es war zu spät – die Kapsel zerschellte am Boden.

Die Panik nahm weiter zu und die Flammen kamen immer näher. Doch dann entdeckte ich etwas. „Paul! Halt den kleinen Hund fest!", rief ich. Es war der kleine Dieb aus der Küche, der schon wieder unterwegs war. Paul jagte ihn quer durch den Saal und schaffte es schließlich, ihn zu fangen – wenn auch mit einigen Bisswunden.

„Was soll das jetzt bringen?", fragte Paul entnervt, während ich den kleinen Hund leicht ausschimpfte. Doch der Hund flüsterte mir ins Ohr, dass es oben im Gebäude sieben riesige Wassertanks gäbe, prall gefüllt mit Wasser.

„Paul!", rief ich. „Das ist unsere Rettung!" Ich befahl Paul, alle so gut es ging zu sichern, bevor ich mich auf den Weg nach oben machte, um die Wassertanks zu finden. Der Rauch wurde immer dichter, die Hitze war kaum noch auszuhalten, aber schließlich erreichte ich die Tanks. Doch wie konnte ich sie öffnen?

Da tauchte Paul plötzlich neben mir auf.

„Was machst du hier?", schrie ich. „Du solltest bei den anderen sein!"

„Ich hab Dynamit dabei!", rief Paul zurück. „Damit sprengen wir die Tanks alle auf einmal auf!" Er band das Dynamit an die Tanks, aber das Problem war, dass die Fernzündung fehlte.

„Wir können sie nur manuell sprengen", sagte ich. „Geh runter, Paul. Ich mach das."

Paul schaute mich ernst an. „Zaubermaus, ist das dein Ernst?"

„Ja, geh jetzt! Du hast vier Minuten Zeit vor der Explosion!"

Paul zögerte kurz, aber dann lief er los.

Ich zählte bis zehn und drückte den Knopf. Die Explosion war gewaltig, doch das Wasser schoss aus allen Tanks. Von außen sah es aus wie ein gigantischer Wasserfall, der die Flammen in Sekunden erstickte.

Als ich endlich wieder zu Paul kam, war alles vorbei. Die Gäste waren zwar durchnässt, aber am Leben, und der kleine Hund wedelte fröhlich mit dem Schwanz.

„Wir haben es geschafft", sagte ich erleichtert. Paul war erschöpft, aber irgendwie glücklicher, als ich ihn je gesehen hatte.

Einige Monate später wurde das Hotel wiedereröffnet, alles war in Ordnung. Der kleine Hund, unser Held, durfte sogar im Hotel bleiben – der Chefkoch nahm ihn auf.

11

Paul und ich hatten heute einen besonderen Auftrag – und wir wussten, dass es kein leichter werden würde. Der Katzengott hatte uns befohlen, auf eine Zeitungsanzeige zu reagieren, die lautete:

Kinderbetreuung für ein Wochenende gesucht.
Stahlharte Nerven erforderlich! Gute Bezahlung!

Paul grinste und meinte: „Das klingt doch nach einem Auftrag für uns, oder, Zaubermaus?"

Ohne groß nachzudenken, machten wir uns auf den Weg. Wir kamen bald zu einem wunderschönen, festlich geschmückten Haus – alles sah nach einem friedlichen Wochenende aus.

Paul klingelte. Doch kaum hatte er den Knopf gedrückt, schrie er: „Aua! Ich hab' einen Stromschlag von der Klingel bekommen!"

„Wirklich?", fragte ich.

Paul antwortete nur mürrisch: „Probier's doch selbst aus!"

Plötzlich öffnete sich die Tür und ein junges Paar trat heraus. Die beiden drückten uns die Hausschlüssel in die Hand, erklärten hastig, wo alles im Haus zu finden war, und riefen im Gehen: „Bis in einer Woche!" Dann waren sie weg.

Paul sah mich entsetzt an. „Zaubermaus, haben die gerade gesagt, wir sollen eine Woche bleiben? In der Anzeige stand doch nur was von einem Wochenende!"

Ich seufzte. „Ja, Paul, das habe ich auch gehört. Aber wir kriegen das schon hin."

Kaum hatten wir das Haus betreten, passierte es auch schon: „Zaubermaus, pass auf!", schrie Paul, doch es war zu spät – eine Erdbeertorte traf ihn direkt ins Gesicht.

Ich hörte leises Kichern. Paul, bereits zum zweiten Mal Opfer eines Kinderstreichs, war dagegen alles andere als begeistert.

„Kommt sofort raus!", rief ich. „Es wäre schön, wenn wir uns endlich persönlich kennenlernen könnten. Ich zähle bis drei, wenn ihr bis dahin nicht hier unten seid, könnte es ungemütlich werden!"

Widerwillig kamen die Kinder die Treppe herunter, eines nach dem anderen, als hätten sie sich abgesprochen. Zuerst der Jüngste, dann die Mittleren, und schließlich der Älteste. Sie standen vor uns wie kleine Unschuldslämmer – mit einem frechen Grinsen auf ihren Gesichtern.

Paul, der immer noch Tortenreste aus seinem Gesicht wischte, seufzte. „Na super", murmelte er. Er streckte einem der Kinder die Hand entgegen, doch als er sie ergriff, schnappte eine Mausefalle zu. „Aua!", schrie er und schüttelte die Hand. „Wirklich?!"

Ich seufzte. „Okay, wie heißen denn jetzt unsere kleinen Freunde?"

Die Kinder stellten sich vor: „Manu, Pauli, Jo-Jo und Mau Mau."

„Eure Namen?", fragte Paul ungläubig.

„Klar, Opa", sagte Mau Mau frech.

„Und wer ist die heiße Sahneschnitte neben dir?"

Paul starrte mich an. „Hat der mich gerade Opa genannt?!"

Ich hielt ihm einen Spiegel vor sein Gesicht. Paul sah hinein und stöhnte nur: „Na toll."

Ich trat einen Schritt vor. „Hört mal zu, ich bin NICHT eure Sahneschnitte, und wenn ihr nicht sofort brav ins Bett geht, wirds hier richtig ungemütlich!"

Die Kinder grinsten nur noch breiter. „Was wollt ihr schon groß machen? Der Opa da starrt eh nur auf deine Brüste."

Plötzlich – *Zack!* – bekam Paul einen Klaps von mir. „Aua!", rief er. „Das hab' ich nicht verdient."

„So, ab ins Bett!", befahl ich. Doch die Kinder machten keinerlei Anstalten, meinen Befehl zu befolgen.

Paul seufzte. „Und jetzt?"

„Pass auf!“, sagte ich. Mit einem Schnippen meiner Finger lagen die vier plötzlich in ihren Betten, unfähig, sich zu rühren.

„He, he! Was soll das?!“, schrie Jo-Jo.

Doch ich lächelte nur. „Gute Nacht, meine Lieben“, sagte ich mit einem Augenzwinkern. „Wir sehen uns morgen.“

Am nächsten Morgen saßen die Kinder überraschend brav am Frühstückstisch. Zu still – fast schon unheimlich still. Paul war noch nicht zu sehen, also fragte ich: „Habt ihr Paul gesehen?“

Die Kinder zuckten mit den Schultern. „Nein, wir sind gerade erst runtergekommen.“

Besorgt ging ich nach oben, klopfte an Pauls Tür und hörte nur ein leises Wimmern. Als ich die Tür öffnete, sah ich Paul – gefesselt und geknebelt auf seinem Bett, mit einem Schild um den Hals: *Trottel des Jahres*. Als ich ihn losband, fiel ihm ein Farbeimer direkt auf den Kopf. „Oje, Paul …“, murmelte ich.

Das war zu viel. Paul war wütend. „Jetzt reicht’s!“ Er rannte in die Küche, um die Kinder zur Rede zu stellen. Doch als er sie dort friedlich sitzend vorfand, mit unschuldigen Engelsgesichtern, schmolz seine Wut sofort dahin. Der Tag verging und es war verdächtig ruhig im Haus. Zu ruhig.

Am nächsten Tag hatten Paul und ich genug von den Streichen. Es wurde Zeit, den Kindern ein wenig Manieren beizubringen. „Kommt mal her, ihr vier“, rief ich.

Doch ich hörte nur leises Kichern und ein Flüstern: „Wartet ab, die hauen bestimmt bald schreiend ab!“

Ich seufzte. „Paul, wir müssen uns auf etwas gefasst machen. Die planen schon wieder etwas Gemeines.“

„Toll“, antwortete Paul mürrisch. „Hast du einen Plan?“

„Oh ja“, sagte ich lächelnd. „Dieses Mal werden sie sich wünschen, es nicht getan zu haben.“

Plötzlich ertönte ein ohrenbetäubender Ton – so laut, dass wir uns die Ohren zuhalten mussten. „Was zur Hölle ist das?“, rief Paul.

„Das ist ein Ton, den nur Tiere hören können“, erklärte ich.

Dann hörte ich ein Kind flüstern: „Siehst du? Ich hab’s doch gesagt – mit denen stimmt was nicht, das sind keine echten Menschen!“

„Oje“, murmelte Paul, „sie wissen Bescheid!“

„Nur die Jüngste kann unsere wahre Gestalt sehen“, erklärte ich ruhig. „Keine Sorge, Paul, wir kriegen das hin.“

Es war Zeit, diese Kinder wieder auf den rechten Weg zu bringen. Ich stellte mich in die Mitte des Raumes und brüllte wie ein Löwe. Die Wände bebten. Doch anstatt eingeschüchtert zu sein, warfen die Kinder uns mit Wasserbomben ab und lachten laut. Natürlich traf es wieder Paul am schlimmsten – er stand klatschnass neben mir, während die Kinder uns die Zunge rausstreckten.

„Glaubt bloß nicht, dass der Weihnachtsmann dieses Jahr zu euch kommt!“, rief ich. Es war der Tag vor Heiligabend. Diese Erziehungsmethode würde sicherlich funktionieren!

„Ha!“, lachten die Kinder. „Unsere Eltern sind der Weihnachtsmann! Ihr könnt uns gar nichts!“

Doch dann, genau in diesem Moment, klopfte es an der Tür. Als ich sie öffnete, stand der echte Santa Claus mit einer riesigen Rute davor. „Sind hier die Kinder, die ihre Eltern und nun auch euch zur Weißglut treiben?“, fragte er streng.

Plötzlich war es totenstill.

Santa sah die Kinder an, die sich schlagartig nicht mehr bewegen konnten. „Ihr glaubt nicht an mich, was?“, fragte Santa. „Nun gut, das werdet ihr jetzt bereuen.“ Er hob die Rute, doch gerade, als er zuschlagen wollte, schrien alle Kinder gleichzeitig: „Nein! Wir werden brav sein! Wir versprechen es!“

Santa wandte sich zu mir um. „Zaubermaus, ist das in Ordnung für dich?“

Ich nickte zufrieden und Santa verschwand.

Von da an waren die Kinder wie ausgewechselt. Sie halfen beim Schmücken, backten Plätzchen und waren so brav, dass ihre Eltern es kaum glauben konnten, als sie zurückkamen.

„Wie habt ihr das nur geschafft?“, fragten sie uns.

„Das bleibt unser kleines Geheimnis“, antwortete ich lächelnd.

Als wir uns verabschiedeten, rief ich noch: „Sollten sie wieder unartig werden, kommen wir gern zurück!"

Die Kinder riefen nur entsetzt: „Oh nein, bitte nicht!"

Und so machten Paul und ich uns auf den Weg zu unserem nächsten Abenteuer.

12

Paul und ich waren mal wieder unterwegs, auf der Suche nach unserem nächsten Auftrag, als plötzlich etwas Unerwartetes passierte. „Zaubermaus, sieh dir das an!", rief Paul aufgeregt und deutete nach oben. Ein helles Licht stürzte vom Himmel, viel zu schnell und viel zu hell, um eine Sternschnuppe zu sein. „Hast du so etwas schon mal gesehen?", fragte er.

„Nein", antwortete ich. „So etwas habe ich noch nie gesehen."

Das leuchtende Objekt donnerte in eine nahe gelegene Waldlichtung und verursachte einen gewaltigen Knall, der die Luft zum Beben brachte. Paul und ich rannten sofort in die Richtung des Einschlags. Doch als wir uns dem Ort näherten, merkten wir, dass wir nicht allein waren. Wir mussten uns verstecken, denn das Militär war bereits da und hatte die Lichtung umzingelt. Es war, als ob sie auf diesen Moment gewartet hätten.

Paul zupfte an meinem Ärmel. „Zaubermaus, siehst du das?", flüsterte er aufgeregt. „Da ist ein Engel!"

Ich starrte auf die Szene vor uns – tatsächlich, ein Engel lag inmitten des Trümmerfelds umringt von Soldaten, die ihn in einen großen Lkw verluden.

„Wir müssen etwas tun!", drängte Paul sichtlich besorgt.

„Ich weiß", antwortete ich, „aber wir müssen vorsichtig sein."

In diesem Moment bemerkte ich, dass ich plötzlich in einer militärischen Uniform steckte – mit fünf goldenen Sternen an meiner Brust und einem Tapferkeitsorden. „Paul, sieh dir das an!", sagte ich überrascht.

„Na super", grummelte Paul, der ebenfalls eine Uniform trug, aber nur drei Sterne hatte. „Du bist mal wieder der Boss und ich steh' darunter."

„Lass das Gemecker, Paul", sagte ich ernst. „Wir müssen den Engel retten, bevor es zu spät ist."

Wir machten uns also auf den Weg zur Militärbasis, von der ich wusste, dass man dort merkwürdige Experimente machte. Der Katzengott hatte mir das gesteckt. Als wir am Tor ankamen, öffnete sich der riesige Zaun sofort, da wir als hochrangige Offiziere angesehen wurden. Ich hielt einem Soldaten ein beliebiges Papier unter die Nase und befahl: „Bringen Sie uns sofort ins Versuchslabor, sonst lernen Sie mich noch richtig kennen!"

Der Soldat salutierte hastig und rannte los. „Noch nie jemanden so schnell rennen sehen", murmelte Paul.

Im Labor angekommen, bot sich uns ein schrecklicher Anblick. Der Engel war gefesselt, in schwere Ketten gelegt, und sein einst strahlendes Licht war verblasst. Er sah leblos und grau aus, als wäre all seine himmlische Kraft verschwunden.

„Machen Sie sofort die Sicherheitstür auf!", befahl ich dem Wachmann.

„Dazu bräuchten Sie eine Sondergenehmigung", antwortete er stur.

„Die Sondergenehmigung steht direkt vor Ihnen!", fauchte ich und wäre fast auf ihn losgegangen, hätte Paul mich nicht zurückgehalten.

„Zaubermaus, bleib ruhig", flüsterte er, „wir müssen klug vorgehen."

Ich atmete tief durch und versuchte, den Soldaten freundlicher zu überzeugen, uns hineinzulassen. Doch er blieb stur. Schließlich fragte ich: „Wie ist dein Name, Soldat?"

„Ich bin die Nummer 9851, seit drei Jahren hier."

„Schön", sagte ich. „Und wo sind deine Vorgesetzten, Nummer 9851?"

„Im Konferenzraum. Sie diskutieren, wie mit dem Außerirdischen weiter verfahren werden soll."

„Pass gut auf, Nummer 9851", sagte ich streng. „Das ist kein Außerirdischer, das ist ein Engel!"

„Nein, ist es nicht!", antwortete er trotzig.

„Führ uns zu deinen Vorgesetzten!", befahl ich schließlich.

Widerwillig führte uns der Soldat in den Konferenzraum. Paul und ich öffneten die Tür zum Konferenzraum und traten ein. Sofort fragte ich: „Wer ist hier verantwortlich?"

Ein etwas beleibter Leutnant stand auf und blaffte: „Was machen Sie hier in der streng bewachten Zone? Und wer hat Sie hereingelassen?"

„Wir sind hier, um den Engel mitzunehmen, den Sie hier festhalten", erklärte ich.

Der Leutnant lachte höhnisch. „Das graue Ding soll ein Engel sein? Ich weiß, wie Engel aussehen, und das da draußen ist sicherlich keiner! Verlassen Sie den Raum oder ich lasse Sie verhaften!"

„Sie wollen jemanden verhaften, der vier Ränge über Ihnen steht?", fragte ich herausfordernd.

„Hier habe ICH das Sagen, egal wie hoch Ihr Rang ist! Haben Sie mich verstanden?"

Paul zupfte an meinem Ärmel. „Zaubermaus, lass uns gehen. Wir werden einen anderen Weg finden." Also zogen wir uns zurück.

Doch der Soldat Nummer 9851 kam plötzlich auf uns zu und sagte leise: „Der Engel hat vor ein paar Stunden noch geleuchtet. Er war wunderschön, aber dann ist er plötzlich verblasst. Niemand hier weiß, was er wirklich ist. Sie halten ihn für einen Außerirdischen."

„Gut", sagte ich. „Dann hilf uns, ihn zu retten, bevor es zu spät ist."

Gemeinsam machten wir uns auf den Weg zurück zum Engel. Doch vor der Tür standen jetzt schwer bewaffnete Soldaten, die uns keinen Durchlass gewähren wollten. Plötzlich hörten wir ein markerschütterndes Schreien aus dem Labor – so laut, dass wir uns die Ohren zuhalten mussten.

„Was geht da drinnen vor?", fragte ich die Soldaten.

„Sie experimentieren an dem Außerirdischen!", antwortete einer von ihnen.

Paul wurde blass und Soldat Nummer 9851 schien kaum noch atmen zu können. Die beiden Wachen ergriffen die Flucht, rannten schreiend davon. „Mama! Mama! Hilfe!", hörten wir sie aus der Ferne rufen.

Dann passierte etwas Unglaubliches. Vor uns stand plötzlich eine riesige, flügeltragende Gestalt – ein Katzenengel, größer als alles, was ich je gesehen hatte. Seine Flügel breiteten sich über drei Meter aus und sein Heiligenschein funkelte wie die Sonne.

„Zaubermaus, bist du das?!", rief Paul.

„Nein, das bin ich nicht, ich stehe doch hier neben dir!", raunzte ich ihn an. Dann schwiegen wir, denn der Engel war nun unser einziges Ziel. Wir eilten ins Labor und befreiten ihn mithilfe des Katzenengels von seinen Ketten, doch noch während wir das taten, hörten wir bereits das nächste Unheil nahen. Schritte, Geschrei – das Militär würde uns bald erwischen.

„Geht!", rief Nummer 9851 plötzlich. „Ich halte sie auf!"

„Nein", protestierte Paul, „wir lassen dich nicht zurück!"

„Zaubermaus, bring den Engel in Sicherheit!", schrie Paul, doch da war er schon verschwunden – zusammen mit dem anderen Katzenengel, beide waren nun in Sicherheit.

Ein kalter Nebel zog auf und es wurde plötzlich eisig. Die Soldaten rannten in Panik. „Lauft um euer Leben!", schrien sie.

Dann trat ich, Zaubermaus, aus dem Nebel hervor. „Paul", sagte ich mit einem Lächeln, „muss man hier alles alleine machen?"

Paul starrte mich verwirrt an. „Wie hast du das geschafft? Wo ist der Engel? Wo der andere Katzenengel? Was war das für eine riesige Gestalt!"

Ich lächelte nur geheimnisvoll. „Welcher Katzenengel?" Dann kniff ich ihm ein Auge zu. Natürlich war ich das gewesen. Ich hatte mich geistig verdoppelt und ein überdimensionales Trugbild von mir in die Welt gesetzt. Das machte ich nicht oft, denn es kostete ungeheuer viel Kraft. Doch dieses Mal hatte es sein müssen.

Soldat 9851, der noch immer bei uns war, mischte sich nun ein: „Ich bin keine Nummer, ich heiße Bolli! Und was hier vorgefallen ist, war doch nur ein Rundgang und der Nebel, den habt ihr selbst aktiviert, als ihr an den falschen Knopf gekommen seid."

Wenn er das glaubte, sollte er es tun ...

Paul war völlig durcheinander, ich konnte es ihm nicht verübeln. Ich würde ihn später aufklären. Nun musste ich vorsichtshalber den Nebel des Vergessens über die Soldaten legen. Niemand sollten wissen, dass es Engel auf Erden gab, die den Menschen halfen und sie beschützten.

Der Engel, der vom Himmel gefallen war, war übrigens ein Engel der Liebe gewesen. Er hatte beim Spielen mit seinem Amor-Pfeil das Gleichgewicht verloren und war von seiner Wolke gepurzelt. Aber nun war er wieder dort, wo er hingehörte, und alles war in Ordnung.

„Zaubermaus, können wir jetzt endlich gehen?", fragte Paul nach einer Weile genervt.

Ich lachte. „Ja, Paul, lass uns gehen. Wir haben noch viel zu tun."

Und so verabschiedeten wir uns brav und machten uns auf den Weg zu unserem nächsten Abenteuer.

13

Paul und ich hatten uns gerade von den turbulenten Ereignissen in der Kaserne erholt, als wir uns auf den Weg machten, um einem neuen Abenteuer zu begegnen. Doch kaum waren wir wieder unterwegs, zeigte Paul mit dem Finger auf ein riesiges Schild:

Herzlich willkommen im Freistaat Bayern!

„Grüß Gott!", hörten wir schon bald um uns herum und wir erwiderten den Gruß. Die Stadt, in der wir gelandet waren, war überfüllt mit Touristen, die alles Mögliche fotografierten, alle schienen in eine Richtung zu drängen. Von Weitem hörte man laute Musik, Menschen prosteten sich zu – und das alles schon morgens um 11 Uhr. Paul deutete auf ein weiteres Schild:

Nur noch 50 Meter bis zur Wiesn – Oktoberfest!

„Oje", dachte ich mir. „Genau der richtige Ort für Paul."
Und tatsächlich, seine Augen begannen sofort zu funkeln. „Schau, Zaubermaus, was es hier alles gibt! Komm, lass uns das mal genauer anschauen!", sagte er, als wir beim Oktoberfest angekommen waren. Er war plötzlich wie ein kleines Kind und wollte alles ausprobieren.

Doch bevor er sich dem Trubel hingeben konnte, mahnte ich ihn: „Paul, uns rennt die Zeit davon, und du willst spielen? Das kommt jetzt wirklich ungelegen. Wir haben einen Auftrag, der ist wichtiger!"

Dann verdunkelte sich der Himmel. Dichte Wolken zogen auf und es wurde schlagartig schwarz um uns herum. Dann zog ein leichter, weißer Nebel auf und huschte durch die Straßen von

München, die Luft wurde immer schwerer. Paul versuchte, nach meiner Hand zu greifen, aber er griff ins Leere. „Zaubermaus! Wo bist du?", rief er panisch.

Auch ich versuchte, ihn zu finden, doch auch ich konnte nichts mehr sehen, alles war in dichten Nebel gehüllt. Die Stadt schien plötzlich wie ausgestorben. Nur noch winzige Lichter flackerten an vorbeirauschenden Fahrzeugen auf, die in Windeseile durch die Straßen jagten, als würde der Nebel hinter ihnen her sein. Dann fand ich Paul wieder und wir kämpften um jeden Atemzug, doch bald war es zu viel – wir verloren das Bewusstsein und fielen zu Boden, eingehüllt in den weißen Nebel.

Wir erwachten, ohne zu wissen, wie viel Zeit vergangen war. Paul war der Erste, der sich wieder bewegte. „Zaubermaus ..., was ist passiert?"

Ich zuckte nur mit den Schultern. „Keine Ahnung, Paul, aber eins steht fest – wir sind nicht mehr in München."

Paul setzte sich hin und rieb sich die Augen. Dann spürten wir einen Windhauch, und zwar so, als ob jemand oder etwas an uns vorbeigerast wäre. Paul drehte sich um, aber noch bevor er etwas sagen konnte, tauchte ein kleiner schwarzer Wagen direkt vor ihm auf und hielt mit quietschenden Reifen. Ich konnte Paul gerade noch zurückziehen, bevor er überfahren wurde.

Ein wohlgenährter Mann stieg aus und begann, wütend auf uns einzuschimpfen – in einer Sprache, die wir beide nicht verstanden. „Was will der von uns?", flüsterte Paul.

Der Mann fuchtelte mit einer Karte herum und deutete auf einen roten Punkt: „Pietermaritzburg."

Paul sah mich an und zuckte mit den Schultern. Dieser Ort sagte uns gar nichts. Doch als ich versuchte, etwas zu sagen, fing der Mann plötzlich an zu lachen.

„Was hast du denn gesagt?", fragte Paul verwirrt. Ich konnte es selbst nicht glauben, aber anscheinend hatte ich den richtigen Nerv getroffen. Der Mann winkte uns zu, als wollte er uns dazu einladen, in sein Auto zu steigen.

„Du willst doch nicht im Ernst bei einem Fremden einsteigen?", fragte Paul skeptisch.

„Doch", antwortete ich. „Irgendwie müssen wir weiterkommen. Oder willst du hier warten und Zeit verlieren?"

Widerwillig stieg Paul ein, und bevor wir uns versahen, jagten wir die Straße entlang. Paul begann sich zu fragen, ob wir in ein illegales Autorennen verwickelt waren. Die Sirenen hinter uns waren mit einem Mal zu hören, wurden lauter, dann flogen Rauchgranaten an uns vorbei.

„Festhalten!", schrie der Fahrer, während wir an der Grenze von Pietermaritzburg vorbeiflogen. Dann verschwanden die Polizeiautos plötzlich aus unserem Blickfeld.

Der Fahrer schien erleichtert, aber Paul war es nicht. Er forderte den Mann auf, endlich anzuhalten, doch der ignorierte uns und fuhr einfach weiter.

„Was sollen wir jetzt tun?", fragte Paul besorgt, als er versuchte, die Autotür zu öffnen, die aber fest verschlossen war. Dann hatte Paul eine, wie er sagte: „Geniale Idee." Er grinste zu mir rüber und meinte: „Halt dich fest, Zaubermaus!"

Ich sah seinen entschlossenen Blick und wusste, dass nun nichts Gutes folgen würde. „Paul, tu das nicht!", rief ich noch, doch es war schon zu spät. Er hielt dem Fahrer die Augen zu und der Fahrer verlor sofort die Kontrolle über das Fahrzeug. Es schoss wie eine Rakete von der Straße, überschlug sich in der Luft und kam erst auf dem Dach zum Stehen.

Paul kroch als Erster aus dem Wrack, gefolgt von mir. Doch als er den Fahrer sah, überdeckte er ihn schnell mit einem Tuch. Der Mann war bei dem Aufprall ums Leben gekommen, sein Körper vollkommen entstellt.

„Paul, was hast du getan?", schimpfte ich. „Siehst du, was deine dumme Aktion angerichtet hat?"

Paul, trotzig wie immer, zuckte nur mit den Schultern. „Was hätte ich tun sollen? Warten, bis er *uns* mit dem Auto umbringt?"

Ich wusste, dass es keinen Sinn hatte, weiter zu streiten. Wir mussten weiter.

Aber bevor wir gingen, beschlossen wir, dem Mann eine einfache Beerdigung zu geben.

Es war spät am Abend und wir hatten den ganzen Tag zu Fuß zurückgelegt. Der Mond hing groß und hell am Himmel, doch es regnete und der Wind peitschte uns ins Gesicht. Pauls Stimmung war auf dem Tiefpunkt. Er hatte seit Stunden kein Wort gesagt und ich spürte, dass ihn etwas bedrückte.

„Zaubermaus, red endlich wieder mit mir", rief er schließlich, als er sich auf einen Felsblock setzte. „Es tut mir leid, was passiert ist. Ich hätte es nicht tun sollen, aber was hätte ich sonst machen sollen? Meine Füße sind wund vom Laufen und ..."

Ich ließ ihn nicht ausreden, sondern blieb stehen, ging zu ihm und wischte ihm die Tränen aus dem Gesicht. „Du hast einen Fehler gemacht, Paul. Aber wir machen alle Fehler. Jetzt steh auf und lass uns weitergehen."

Paul war sichtlich erleichtert, dass ich ihm verziehen hatte. Wir beschlossen, uns doch noch einmal dem Oktoberfest zu widmen, viel davon hatten wir bei unserem kurzen Ausflug nach München ja nicht gesehen.

Am nächsten Tag gaben wir uns also ganz dem bunten Treiben hin, hatten keinen Auftrag zu erfüllen, konnten feiern und Bier trinken, bis ...

... wir plötzlich ein leises Brummen hörten, das immer lauter wurde. „Hörst du das?", fragte Paul aufgeregt.

Ich nickte vorsichtig, doch dann stoppte das Geräusch abrupt. Alles war still – zu still.

Und dann spürten wir es beide: ein stechender Schmerz im Nacken. Paul fasste sich an den Hals und sackte zusammen. „Zaubermaus, ich sehe alles doppelt ...", murmelte er, bevor er bewusstlos zu Boden fiel.

Auch ich verlor das Bewusstsein und sah im letzten Moment eine seltsame Gestalt mit Ringen um den Hals, dann wurde alles schwarz um mich. In welchem Abenteuer waren wir nun wieder gelandet?

14

Paul und ich erwachten langsam aus der Bewusstlosigkeit, aber unsere Körper fühlten sich noch immer wie gelähmt an. Und das lag sicherlich nicht alleine an dem vielen Bier, das Paul und ich zuvor getrunken hatten! Ich konnte mich kaum bewegen und nur mit Mühe erkannte ich die Umrisse einer schlanken Frau mit einem ungewöhnlich langen Hals, der von zahlreichen Ringen umgeben war. Paul, der neben mir lag, sah sie ebenfalls und war kurz davor, laut loszulachen, doch zum Glück konnte er sich beherrschen. Wenn er das nicht getan hätte, wäre sein Leben wohl in großer Gefahr gewesen, denn überall um uns herum lagen Totenköpfe und Skelette verstreut. Als Paul das sah, wurde er kreidebleich und fiel direkt wieder ohnmächtig um.

Ich versuchte verzweifelt, mich aufzurichten, doch auch meine Beine waren noch zu schwach. Immer wieder fiel ich hin. Es dauerte Stunden, bis ich schließlich die Kontrolle über meine Gliedmaßen zurückerlangte.

„Hallo? Könnt ihr uns bitte losmachen? Wir wollen nichts von euch, wir kommen in Frieden!", rief ich der Frau zu, die immer noch bei uns war.

Paul flüsterte ängstlich: „Zaubermaus, siehst du nicht die ganzen Skelette? Das müssen Kannibalen sein! Die wollen uns bestimmt fressen!"

Ich warf ihm einen vernichtenden Blick zu. „Wenn du weiter solchen Blödsinn redest, überlasse ich ihnen dich! Du bist sowieso dicker als ich!"

Paul schluckte schwer und stotterte: „Das würdest du wirklich tun?"

In diesem Moment trat die Frau mit den vielen Ringen um den Hals näher. Ihre Stimme war ernst, als sie fragte: „Was habt ihr hier in unserem Land verloren? Hier in Thailand?"

Paul starrte sie entsetzt an. „Thailand? Oh nein, wo sind wir hier nur gelandet? Von Bayern nach Thailand, krasser geht es wohl kaum!"

Trotz der bedrohlichen Situation konnte Paul seinen Blick nicht von der Frau abwenden. Sie erklärte uns, dass man sie und ihresgleichen *Langhalsfrauen* nannte und dass ihre Gemeinschaft weltweit einzigartig sei. Langsam schienen wir ihr Vertrauen zu gewinnen.

Nachdem Paul wieder voll bei Sinnen war, fragte er die Frau schließlich nach ihrem Namen. Sie lächelte und sagte: „Mein Name ist Lemon – oder Zitrone, wie mich manche nennen."

Paul musste sich das Lachen verkneifen, aber ich, höflich wie immer, sagte: „Was für ein wundervoller Name."

Lemon errötete leicht. Es schien das erste Mal zu sein, dass jemand ihr so ein nettes Kompliment machte. „Kommt mit, ihr sollt meine Gäste sein", sagte Lemon und führte uns in ein kleines Zelt.

„Oh mein Gott", flüsterte ich, als ich die Wände voller goldener Ringe und Schmuckstücke sah. Einige der Ringe waren mit funkelnden Diamanten besetzt, andere waren aus Weißgold.

„Möchtest du einen dieser Ringe anprobieren?", fragte Lemon sanft.

Bevor ich antworten konnte, mischte sich Paul ein: „Oh nein, das ist bestimmt nichts für Zaubermaus!"

Aber ich war fasziniert und ließ mich nicht abhalten. Ich wählte einen der Ringe mit Diamanten aus und Lemon legte ihn mir um den Hals. Zuerst lachte ich noch, doch bald spürte ich, wie mein Hals immer enger wurde. „Lemon, hör auf, ich bekomme kaum noch Luft!", rief ich, doch meine Worte verhallten.

Paul wollte eingreifen, aber Lemon schleuderte ihn mühelos quer durch den Raum wie eine Puppe. Er blieb kurz bewusstlos liegen. Als Paul wieder zu sich kam, lag ich zitternd am Boden. Paul sprang auf und rannte zu mir. Er versuchte, den Ring von meinem Hals zu entfernen, doch er schien wie festgeschweißt zu sein. Lemon stand einfach nur da, wie versteinert. Paul wusste, dass er schnell handeln musste, bevor ich in einen tiefen Schlaf fiel. Doch egal, was er versuchte, der Ring blieben fest um meinen Hals. „Zaubermaus, hilf mir!", rief Paul verzweifelt.

Endlich kam ich wie aus Trance ins Bewusstsein zurück, ich lächelte schwach. „Lass die Finger von meinem Hals", sagte ich überraschend ruhig.

Paul konnte es nicht fassen. „Was ist nur mit dir los? Diese Ringe machen dich krank!", sagte er ungläubig.

Doch ich war wie ausgewechselt. „Sie stehen mir gut", sagte ich und streichelte die glitzernden Diamanten.

Paul war fassungslos und verzweifelt. Und wo war eigentlich Lemon plötzlich hin? Die Frau mit dem langen Hals war spurlos verschwunden.

Trotz aller Versuche, mich davon zu überzeugen, die Ringe abzulegen, inzwischen hatten sie sich wie von Zauberhand an meinem Hals vermehrt, blieb ich stur. Ich war viel zu fasziniert von dem Schmuck – und die Warnungen von Paul interessierten mich auch nicht. Doch Paul konnte den Gedanken nicht ertragen, dass mein Hals sich immer weiter verlängern würde.

Gerade als Paul mich erneut überreden wollte, hörten wir ein lautes Geräusch, das wie ein Panzer klang. „Schnell, Zaubermaus, versteck dich hinter dem Busch!", rief Paul.

„Wie soll ich meinen Kopf einziehen, wenn er so lang ist?", stöhnte ich, tat aber, was ich konnte, um mich zu verstecken.

Kurz darauf tauchte ein alter Panzer auf und ein Mann mit weißem Bart streckte den Kopf aus der Luke. „Hey, ihr zwei da hinter dem Busch, ich habe euch schon längst gesehen! Kommt her, ich tu euch nichts."

Zögernd krochen Paul und ich aus unserem Versteck. Der Mann grinste breit. „Ihr seid doch Zaubermaus und Paul, oder? Ich bin Ost, aus dem tiefsten Osten, wo sich kaum einer hintraut. Kommt, steigt ein, ich nehm euch ein Stück mit!"

Wir trauten unseren Augen kaum. Wie konnte dieser Mann uns kennen? Doch wir stiegen auf den Panzer. Allerdings gab es ein Problem: Mein langer Hals passte nicht durch die Luke.

Ost wurde ungeduldig. „Entweder du legst die Ringe ab oder ihr müsst wieder runter vom Panzer!“, rief er.

Paul flehte mich erneut an: „Bitte, Zaubermaus, leg die Ringe ab, bevor es zu spät ist!“

Schließlich gab ich nach, zog die Ringe vom Hals ab, was plötzlich ganz einfach ging, und warf die Ringe im hohen Bogen von mir. Paul atmete erleichtert auf, als er sah, wie mein Hals wieder auf normale Größe schrumpfte und ich wieder ich selbst wurde. Endlich konnten wir die Panzerluke schließen.

Im Inneren des Panzers roch es schrecklich nach Wodka, überall lagen leere Flaschen herum. Doch Ost ließ sich davon nicht stören. Mit einem kräftigen Ruck setzte sich der Panzer in Bewegung.

„Wohin geht die Reise?“, fragte ich neugierig, doch Ost war so konzentriert auf das Fahren, sodass er meine Frage nicht hörte. Stattdessen warf er Paul eine halb leere Wodkaflasche zu und murmelte: „Trink, Junge, das macht dich locker.“

Ich riss Paul die Flasche aus der Hand, bevor er einen Schluck nehmen konnte. „Du weißt doch, dass du keinen Alkohol verträgst!“, sagte ich streng, öffnete die Luke, warf die Flasche aus dem Panzer und schloss die Luke wieder. Dann setzten wir unsere Fahrt fort.

„Haltet sofort an!“, rief ich Ost nach einer Weile des Schweigens zu. Er zögerte, trat dann aber auf die Bremse.

„Was ist denn los?“, fragte Paul verwirrt.

„Hört ihr das nicht?“, flüsterte ich.

Paul öffnete die Panzerluke und sah, was das laute Geräusch verursachte: Ein riesiger Schwarm schwarzer Raben kreiste über uns und machte einen ohrenbetäubenden Krach. Einer der Raben stürzte auf den Panzer zu, Paul konnte gerade noch rechtzeitig die Luke schließen.

„Was habt ihr gesehen?“, fragte ich.

„Raben“, sagte Ost. „Sie greifen uns an.“

Doch es blieb nicht bei den Raben. Plötzlich hörten wir ein metallisches Klopfen, als ob die Vögel versuchten, den Panzer aufzubrechen. Bevor wir weiterfahren konnten, merkten wir, dass der Panzer an Höhe gewann, ja, vom Boden abhob.

„Wir haben den Boden verloren!", rief Paul. „Wir fliegen!"

Und tatsächlich: Ein riesiger schwarzer Vogel hatte den Panzer gepackt und ihn in die Luft gehoben.

„Das ist alles deine Schuld, Paul!", schimpfte ich.

Doch es war zu spät – der Vogel ließ den Panzer plötzlich los – und wir stürzten in die Tiefe. Dank eines eingebauten Fallschirms landeten wir jedoch sanft auf dem Boden.

Was das Ganze sollte, verstanden aber weder Paul noch ich ... aber man musste ja auch nicht immer alles verstehen.

Doch damit war das Abenteuer noch nicht zu Ende. Ost brachte uns schließlich zu einem Jungen mit dem Namen Ora. Wir sollten ihm helfen, sagte er zum Abschied und verschwand ohne ein weiteres Wort.

„Helfen, helfen, Kind, ... Gefahr", hallte es danach immer wieder in meinem Kopf. Und das war zweifelsohne die Stimme des Katzengottes. Doch mehr sagte sie nicht.

Umso mehr aber sprach dieser Junge. Ora. Er wollte partout mit Paul und mir mitreisen, ließ keine Gelegenheit aus, uns das mitzuteilen, klebte wie eine Klette an uns. Aber ich wollte mich nicht um ihn kümmern. Pauls und mein Leben war zu gefährlich für ein Kind. Und so ließen wir Ora zurück.

15

Nachdem der Katzengott uns unseren letzten mysteriösen Auftrag erteilt hatte, setzten Paul und ich schweigend unseren Weg fort. Die Worte des Katzengottes hallten immer noch in meinem Kopf wider, doch irgendetwas stimmte nicht. Ich spürte es tief in meinem Inneren. Ora, der Junge, der uns so hartnäckig begleiten wollte, ließ mir keine Ruhe. Selbst jetzt, nachdem wir uns von ihm verabschiedet hatten, konnte ich nicht aufhören, mich umzudrehen und über meine Schulter zu schauen.

Paul bemerkte meine Unruhe. „Was ist los, Zaubermaus? Warum bist du so nervös?"

„Ich weiß nicht … irgendwas an Ora stimmt nicht. Vielleicht hätten wir ihn doch mitnehmen sollen. Wer weiß, wie viele Freunde er hier hat …" Ich konnte meine Zweifel und mein schlechtes Gewissen einfach nicht abschütteln.

Paul schüttelte nur den Kopf. „Ach, lass das jetzt. Genieß die Sonnenstrahlen, wir sind bald am Ziel! Hör auf, dir so viele Gedanken zu machen."

Gerade wollte ich etwas erwidern, da hörte ich ein seltsames Surren. Es klang wie das Geräusch einer einmotorigen Maschine. Mein Blick wanderte gen Himmel, und da war es – ein kleines Flugzeug, das bedrohlich auf uns zu flog.

„RUNTER!", schrie ich und warf mich auf den Boden. Paul folgte meinem Beispiel und die Maschine flog nur wenige Meter über unsere Köpfe hinweg.

„Was zum Teufel war das?", keuchte Paul, als er aufstand und den Staub von seiner Kleidung klopfte.

Doch bevor wir uns richtig sammeln konnten, kam das Geräusch erneut. Dieses Mal versprühte die Maschine eine dicke, übel riechende Flüssigkeit über uns.

Paul schnupperte daran und rief entsetzt: „Das ist Diesel! Der

Irre will uns anzünden! Lauf, Zaubermaus!“ Ohne zu zögern, rannten wir los, so schnell wir konnten. Das Flugzeug war uns dicht auf den Fersen und flog im Sturzflug auf uns zu.

„Da! Ein See!“, schrie Paul und wir sprinteten in Richtung Wasser. Wir sprangen hinein, gerade noch rechtzeitig, denn eine brennende Fackel fiel aus dem Flugzeug an das Ufer und löste eine gewaltige Explosion aus. Wasser und Sand schossen meterhoch in die Luft und für einen Moment war alles um uns herum Chaos.

Als sich der Rauch und die Gischt gelegt hatten, tauchten wir keuchend aus dem Wasser auf. „Alles okay bei dir?“, fragte ich, während ich mir das triefend nasse Haar aus dem Gesicht strich.

„Ja“, grummelte Paul, „abgesehen davon, dass ich jetzt nach Diesel stinke und bis auf die Knochen nass bin! Wenn ich den erwische … ich zerpflücke ihn in kleine Einzelteile! Das war doch Ora, oder?“

„Bleib ruhig“, ermahnte ich ihn. „Wir wissen nicht, ob es wirklich Ora war.“ Ich half Paul, aus dem Wasser zu steigen, und deutete auf eine trockene Stelle. „Lass uns ein Feuer machen und unsere Sachen trocknen.“

„Ja, aber du zuerst! Ich werde mich bestimmt nicht vor dir ausziehen!“, sagte Paul grinsend in der Hoffnung, ich würde ihn nicht beobachten.

Ich verdrehte nur die Augen. „Sicher nicht, Paul.“ Mit einem Seufzer ließ ich ihn am Feuer zurück und ging auf die Suche nach etwas Essbarem.

Während ich fort war, setzte sich Paul ans Feuer und hängte seine nassen Sachen über einen Ast. Doch die Erschöpfung holte ihn bald ein und seine Augen fielen zu. Er merkte nicht, wie sein Arm absackte und seine Kleidung ins Feuer rutschte.

In letzter Sekunde kam ich zurück und zog die Sachen aus den Flammen. „Paul! Wach auf! Du bist fast nackt!“, schimpfte ich.

Paul rieb sich verschlafen die Augen und zog sich schnell wieder an. Nun stank er nach Rauch und ein Hosenbein war verbrannt. Aber bevor wir wieder zur Ruhe kamen, hörten wir erneut das bedrohliche Summen der einmotorigen Maschine. Dieses Mal flog sie noch tiefer und hatte ein riesiges Netz an einem Seil befestigt.

„Lauf!“, rief Paul, doch die Maschine war schneller. Ehe wir uns versahen, hatten wir uns im Netz verfangen und hingen in der Luft.

„Was machen wir jetzt, Zaubermaus?“, rief Paul panisch.

„Halt die Klappe!“, knurrte ich. „Wir sind gefangen, falls es dir nicht aufgefallen ist!“

Plötzlich begann der Motor der Maschine zu stottern und sie taumelte gefährlich hin und her. „Oh nein!“, rief Paul. „Das wird eine Bruchlandung!“

Mit einem lauten Krachen stürzte die Maschine in ein nahe gelegenes Maisfeld. Noch benommen von dem Sturz sah ich, wie Paul auf die Maschine zustürmte.

„Das war Ora!“, rief er wütend. „Den schnapp ich mir!“ Doch als er in die Kabine blickte, war niemand dort. Nur eine blutige Spur führte vom Wrack weg. „Zaubermaus, komm schnell! Ich glaube, Ora ist schwer verletzt.“

Ich zögerte kurz, dann folgte ich ihm. „Komm, wir müssen dem Jungen helfen. Auch wenn er uns gerade nach dem Leben getrachtet hat, sollte niemand so enden.“

Widerwillig suchte Paul mit mir nach der Blutspur. Doch als wir sie fanden, fiel ihm etwas auf. Er roch an dem Blut und verzog das Gesicht. „Igitt, das ist Schweineblut!“

„Ora!“, rief ich mit einer Mischung aus Wut und Entschlossenheit. „Ich zähle bis drei! Eins … zwei … drei!“

Plötzlich ertönte eine fröhliche Stimme: „Kuckuck!“ Da stand er, mit einem breiten Grinsen, als wäre nichts passiert. Ora hatte sich geschickt versteckt und schien das Ganze als Spaß zu betrachten. Paul wollte sich auf ihn stürzen, doch ich trat dazwischen.

„Stopp, Paul! Wir wissen nicht, ob er wirklich schuld ist.“

„Das ist doch nicht dein Ernst!“, knurrte Paul. „Du willst ihn wirklich verteidigen?“

Ora schien schockiert von Pauls Wut. „Ich schwöre, ich war das nicht! Ja, ich habe euch verfolgt, aber nur, weil ich mich einsam fühle! Ich wollte euch nicht verletzen!"

Paul und ich tauschten einen langen Blick. Vielleicht sagte er ja die Wahrheit. „Gut", sagte ich schließlich. „Du darfst uns begleiten, aber nur, wenn du genau das tust, was wir sagen."

Ora grinste über beide Ohren. „Echt? Danke!"

Kaum hatten wir uns auf den Weg gemacht, hatte Ora natürlich eine *grandiose* Idee. „Ich weiß, wie wir hier wegkommen! Wir bauen aus dem Wrack der Maschine etwas Neues!"

Paul und ich warfen uns skeptische Blicke zu. Was hatte Ora diesmal vor?

16

Ora lief sofort zum Wrack des Flugzeugs und begann, die Einzelteile zu sortieren. „Aus diesem Schrott bauen wir ein Flugzeug!", verkündete er stolz.

„Du willst *was*?", fragte Paul skeptisch. „Das wird doch nie fliegen!"

„Wartet nur ab!", rief Ora voller Energie und machte sich mit Feuereifer an die Arbeit.

Stunden vergingen, doch schließlich standen Paul und ich mit offenem Mund da. Vor uns stand tatsächlich eine merkwürdige Mischung aus Auto und Flugzeug. Es hatte breite Flügel, einen riesigen Propeller vorne und sogar Gurte, an denen man sich festhalten konnte.

„Na, was sagt ihr?", fragte Ora grinsend.

Paul und ich nickten beeindruckt. „Aber ... wie bekommen wir das Ding in die Luft?", fragte ich zweifelnd.

Ora führte uns zu einer Klippe. „Wir schieben es bis hierher und starten im Sturzflug!"

Paul wurde kreidebleich. „Das wird nie funktionieren!"

Doch es gab kein Zurück mehr. Gemeinsam schoben wir das selbst gebaute Fluggerät bis zur Klippe. Mit einem Ruck stürzte es hinunter, und wir rasten unaufhaltsam dem Boden entgegen.

Paul schrie in Panik: „Wir sterben!"

Plötzlich machte es *Klick, Klack, Puff Puff* und die Maschine begann bedrohlich zu wackeln. Ora zog am Steuerknüppel, doch zu unserer Überraschung gewannen wir tatsächlich an Höhe.

„Hurra!", rief Paul erleichtert und pfiff eine schiefe Melodie, die die ganze Situation nur noch skurriler machte.

Doch dann sah ich es. „Ora!", rief ich entsetzt. „Der Flügel löst sich!" Noch bevor wir reagieren konnten, brach der linke Flügel komplett ab. Die Maschine geriet ins Taumeln und begann unkontrolliert zu fallen. Paul und ich klammerten uns fest, überzeugt, dass es das Ende war. Doch plötzlich, wie durch ein Wunder, öffneten sich zwei Fallschirme, die Ora vorsorglich eingebaut hatte, und wir landeten sanft auf dem Boden.

Kaum hatten wir festen Boden unter den Füßen, stürmte Paul zu Ora, der unter den Trümmern des Fluggeräts eingeklemmt war. „Ora, alles wird gut! Wir holen dich hier raus!", rief Paul panisch, während ich versuchte, ihm zu helfen.

Doch Ora lächelte schwach, sein Blick bereits trüb. „Es ist zu spät", flüsterte er. „Ich wollte euch nur helfen. Es war schön, euch kennenzulernen." Mit einem letzten Lächeln schloss Ora die Augen für immer.

In stillem Gedenken errichteten Paul und ich ihm ein Grab und setzten ein Kreuz mit der Inschrift:

Er starb als Held.

Schweigend setzten wir unseren Weg fort.

17

Nach Stunden des Wanderns ließ ich endlich meine Beine in den kühlen See baumeln. Paul, der schon den ganzen Weg über gestöhnt hatte, war sichtlich erleichtert, endlich eine Pause machen zu können. Doch plötzlich schrie er laut auf, zog seinen Fuß erschrocken aus dem Wasser und rief: „Aua! Aua!"

Ich musste lachen, als ich sah, was passiert war: Ein großer Fisch hatte sich an Pauls Zeh festgesaugt. „Du musst ja eine ziemliche Anziehungskraft auf die Fische haben, Paul!", witzelte ich. „Aber sieh mal, jetzt haben wir wenigstens etwas zu essen!"

Wir fingen den Fisch und bereiteten ihn über einem kleinen Lagerfeuer zu. Nach dem Mahl fühlten wir uns gestärkt, doch die Müdigkeit holte uns schließlich ein und wir schliefen beide am Feuer ein.

Die Nacht war friedlich, bis wir plötzlich unsanft geweckt wurden. Paul öffnete als Erster die Augen und sah direkt in zwei neugierige Augen. Ein Ameisenbär schnüffelte mit seiner langen Nase an Pauls Gesicht herum, was ihn so sehr kitzelte, dass er laut lachen musste. „Schau mal, Zaubermaus!", rief er lachend. „Es sind Ameisenbären!"

„Oh, wie süß!", sagte ich, als ich sah, dass auch mich ein Ameisenbär auf diese Weise geweckt hatte.

Paul, immer auf der Suche nach einer verrückten Idee, sprang plötzlich auf den Rücken eines der Ameisenbären und versuchte, ihn als Reittier zu nutzen. „Komm schon, Zaubermaus! Steig auch auf! Vielleicht tragen sie uns ein Stück!"

Ich schüttelte nur den Kopf. „Paul, das sind Ameisenbären, keine Pferde! Lass das lieber, sonst ..." Doch bevor ich den Satz beenden konnte, schüttelte sich der Ameisenbär kräftig und Paul flog im hohen Bogen zu Boden. Der Ameisenbär schien beleidigt und verpasste Paul eine kräftige Ohrfeige mit seiner langen Nase.

Als wäre das nicht genug, wickelte er seinen Rüssel um Pauls Hals und begann, ihn zu würgen.

„Zaubermaus!", keuchte Paul panisch. „Hilf mir, ich bekomme keine Luft!"

Zum Glück ließ der Ameisenbär nach ein paar Sekunden von ihm ab und trottete weiter, als wäre nichts gewesen. Ich lief schnell zu Paul und betrachtete sein bleiches Gesicht. „Alles in Ordnung?", fragte ich ihn stirnrunzelnd.

Dramatisch legte sich Paul auf den Boden und stöhnte: „Ich glaube, ich sterbe …"

Ich seufzte nur. „Ach, Paul, du Dramaqueen!"

Als ich mich über ihn beugte, um zu sehen, ob er wirklich verletzt war, bemerkte ich ein leichtes Grinsen auf seinem Gesicht. „Na warte, Paul", dachte ich und ging kurz weg.

Als ich zurückkam, hielt ich ein kleines Tier auf meinem Arm, das Paul mit wachsendem Entsetzen erkannte: ein Stinktier! Mit einem verschmitzten Lächeln setzte ich es direkt auf Pauls Bauch. Das Stinktier begann sofort, an ihm herumzuschnüffeln. Paul versuchte, ruhig zu bleiben, aber als das Tier plötzlich in seine Nase biss, schrie er auf: „Aua!" Das Stinktier erschrak, hob seinen buschigen Schwanz und setzte eine gewaltige Duftmarke direkt in Pauls Gesicht ab.

„Ugh!", rief Paul hustend, während der Gestank ihn überwältigte.

Ich verschränkte die Arme und sah ihn streng an. „Vielleicht denkst du beim nächsten Mal daran, dass man mit solchen Dingen keinen Spaß macht!"

„Ja, ja, ich hab's verstanden", murmelte Paul, während er sich die stinkende Flüssigkeit aus dem Gesicht wischte. Schließlich beschlossen wir, unsere Reise fortzusetzen. Doch bevor wir aufbrachen, sprang Paul schnell in den kleinen Teich, um den Gestank loszuwerden.

Während er sich wusch, entdeckte er etwas Interessantes im Schilf. „Schau mal, Zaubermaus!", rief er und zog ein altes Ruderboot hervor.

„Du weißt schon, dass das Diebstahl ist, oder?", fragte ich skeptisch.

„Ach, komm schon!", lachte Paul. „Steig ein!"

Zögerlich sprang ich ins Boot und wir fuhren los. Was wir nicht bemerkten, war, dass das kleine Stinktier heimlich ins Boot gesprungen war und uns so folgte.

Während wir friedlich über das Wasser glitten, genoss Paul die Aussicht. „Schau dir das an, Zaubermaus! So still, so friedlich!" Doch plötzlich rammte etwas das Boot. Paul verlor fast das Gleichgewicht und schrie: „Was zum Teufel war das?"

Noch bevor wir realisieren konnten, was passiert war, wurden wir erneut gerammt – dieses Mal so heftig, dass unser Boot zerbrach und wir ins Wasser fielen. Panisch versuchte Paul, sich an etwas festzuhalten, doch dann sahen wir es: Ein riesiges Krokodil schwamm direkt auf uns zu. Es war gewaltig, fast sechs Meter lang, mit knallroten Augen und einem riesigen Maul.

„Zaubermaus! Was sollen wir tun?", rief Paul verzweifelt.

„Bleib ruhig und rühr dich nicht!", rief ich zurück. „Beweg dich keinen Millimeter!"

Paul war wie erstarrt, während das Krokodil langsam um ihn herumschwamm. Er begann zu schwitzen, und ich sah, wie ein dicker Tropfen von seiner Stirn fiel. „Oh nein", dachte ich. „Wenn der Tropfen ins Wasser fällt ..."

Das Krokodil kam immer näher, aber Paul konnte nicht anders – er musste niesen. „Hatschi!"

Sofort drehte sich das Krokodil um und schwamm blitzschnell auf Paul zu. Ich hörte ihn flüstern: „Das wars ..."

Dann, plötzlich, ertönte ein leises Pfeifen. Paul drehte sich um und sah mich auf einer kleinen Anhöhe stehen. Ich hielt das Stinktier in den Armen. „Bleib ruhig, Paul!", rief ich und setzte das Stinktier behutsam ab. Es lief mutig auf das riesige Krokodil zu. Das Krokodil zögerte. Seine roten Augen fixierten das kleine Tier, doch dann hob das Stinktier seinen Schwanz und setzte seine Duftdrüse ein. Der Gestank war so stark, dass das Krokodil brüllte, sich umdrehte und davonschwamm.

Paul atmete erleichtert auf. „Du hast uns gerettet, Zaubermaus!“

Ich lächelte. „Manchmal kommt die Hilfe eben von den uner-
wartetsten Verbündeten.“

„Was denkst du, Zaubermaus?“, fragte Paul, als wir uns am
Ufer niederließen. „Wird uns der Katzengott noch eine Weile in
Ruhe lassen oder steht schon das nächste Abenteuer bevor?“

Ich schaute in den Himmel und seufzte. „Wer weiß, Paul? Aber
ich habe das Gefühl, dass unser nächster Auftrag bereits auf uns
wartet ...“ Doch es geschah – nichts.

18

Nach all den Abenteuern und der Gefahr, die wir in den letzten Wochen durchlebt hatten, beschlossen Paul und ich deshalb, dass es Zeit für eine Pause wäre. Eine Woche Urlaub, das wäre mal was! Etwas Ruhe, ein paar Tage nur für uns, um unsere Batterien wieder aufzuladen. Ich erinnerte mich an die friedlichen Zeiten am Strand, als wir entspannt unterwegs waren, ohne uns ständig in Gefahr zu begeben. Aber leider kam es mal wieder anders als geplant.

„Paul, wie siehst du denn aus?", fragte ich und musterte ihn mit hochgezogenen Augenbrauen.

Er blickte zu mir rüber, und bevor er antwortete, schaute er in den Spiegel. „Schau dich mal selbst an, Zaubermaus!", entgegnete er.

Wir trugen beide giftgrüne Uniformen mit dem Aufdruck *Ordnungsamt*. Nicht gerade das, was wir uns für unseren Urlaub vorgestellt hatten. Der Katzengott hatte uns wieder mal in einen neuen Auftrag gezwungen – und der war alles andere als angenehm. Wir sollten in der Stadt für Ordnung sorgen und aufpassen, dass niemand Ärger machte. Genau das, wovon wir nicht geträumt hatten: der undankbarste Job, den niemand wollte.

Während wir durch die Einkaufsmeile schlenderten und uns über unser Pech beklagten, fiel Paul ein kleiner Junge auf, der sich auffällig um eine Gruppe von Menschen herumdrückte. Er war kaum größer als ein Meter fünfzig und hatte das schelmische Grinsen eines erfahrenen Diebs.

„Siehst du den da?", flüsterte Paul. „Der plant doch was!"

Bevor wir reagieren konnten, rannte der Junge plötzlich los – direkt in unsere Arme. Ich packte ihn an der Schulter, doch er zappelte wild, trat um sich und zog Paul so kräftig an den Haaren, dass dieser laut aufschrie.

„Lass mich los!“, rief der Junge und entwischte uns, bevor wir richtig zugreifen konnten. „Ätsch! Mich kriegt ihr nicht!“ Und weg war er.

„Na toll“, murmelte ich, „wir lassen uns von einem Kind austricksen.“

Paul stöhnte und wir beschlossen, uns erst einmal einen Kaffee zu gönnen. „Paul, heute zahlst du“, sagte ich, als wir uns hinsetzten.

Paul griff in seine Tasche – und dann weiteten sich seine Augen. „Meine Geldbörse ist weg!“

„Typisch!“, lachte ich. „Wenn es ums Bezahlen geht, drückst du dich immer.“ Doch als ich selbst in meine Tasche griff, musste ich feststellen, dass auch meine Geldbörse verschwunden war. „Oh nein, der Kleine hat uns beide abgezockt!“

Paul grinste. „Da hat er uns ordentlich erwischt.“

Wir wollten uns diesen Diebstahl nicht gefallen lassen und machten uns auf die Suche nach ihm. Es dauerte nicht lange, bis wir den Taschendieb wieder entdeckten, wie er in der Einkaufsmeile einem weiteren Opfer die Geldbörse stahl. Diesmal waren wir vorbereitet.

„Wir umkreisen ihn“, flüsterte ich Paul zu. „Lass ihn nicht entkommen!“

Doch der Junge war schneller, als wir gedacht hatten, doch als Paul ihm einen Schritt zu nahe kam, erwischte er den Kleinen mit einem versehentlichen Schlag auf den Kopf. Nicht genau das, was ich wollte, aber es funktionierte – der Junge war kurz benommen.

Als er wieder zu sich kam, war er wütend und beschimpfte uns übel. „Ihr dummen alte Leute! Ihr werdet das noch bereuen!“

Ich packte ihn fester und sprach mit harter Stimme: „So, mein Kleiner, jetzt reicht es! Wir haben genug von deinen Spielchen! Du wirst den Leuten alles zurückgeben, was du gestohlen hast!“

„Lass mich los! Oder meine Familie wird euch fertigmachen!“, drohte er.

„Oh wirklich?“, entgegnete Paul. „Ein kleiner Taschendieb wie du sollte nicht so große Töne spucken. Wir werden sehen, wer hier gewinnt."

Wir schauten uns die Beute des Jungen an – hauptsächlich Geldbörsen von älteren Menschen. Es war herzzerreißend zu sehen, wie er diejenigen bestohlen hatte, die am wenigsten hatten.

Paul schaute mich an und sagte: „Zaubermaus, wir müssen ihm etwas zeigen und ihm eine Lehre erteilen."

Ich nickte und legte meine Hand auf den Kopf des Jungen. „Schließ die Augen", befahl ich.

Er tat, wie ihm gesagt wurde, und sofort begann er, eine Vision zu sehen. Er war in einem kalten Raum, gefesselt an einen riesigen Stuhl, um ihn herum saßen Menschen, die laut schrien: „Stirb! Stirb!"

Selbst seine eigene Bande rief: „Du Niete!"

Es war die Zukunft, die ihm bevorstand, wenn er so weitermachte.

Als ich meine Hand von seinem Kopf nahm, war er kreidebleich. „War das ... war das die Todeszelle?", fragte er mit zitternder Stimme.

Ich nickte nur.

„Heißt das, wenn ich so weitermache, werde ich dort landen?"

„Das liegt an dir", sagte Paul ruhig. „Du kannst heute anfangen, den Menschen das zurückzugeben, was du ihnen gestohlen hast. Das ist deine Chance."

Der Junge zögerte erst, doch nach und nach verstand er und begann, seine Beute zurückzugeben. Es war nicht einfach, aber als die Leute sahen, dass er den Mut hatte, sich zu entschuldigen und die gestohlenen Dinge zurückzubringen, verzieh ihm sogar mancher und gab ihm eine Münze als Dank. Nach ein paar Stunden hatte er alles wieder gutgemacht.

Aber dann kam die ganze Wahrheit ans Licht. „Ich habe keine Familie", gestand er uns schließlich. „Ich bin auf der Flucht, seit ich vor Jahren meine Eltern verloren habe. Eigentlich werde ich gesucht ... wegen vierfachen Mordes." Er zeigte uns ein altes Fahndungsfoto.

„Ich war im Drogenrausch, als ich ... als ich meine eigene Familie getötet habe. Danach bin ich geflüchtet.“

Ich sah ihm fest in die Augen. Dann sagte ich nur: „Geh!“

Paul war entsetzt. „Du hast gerade einem Mörder geholfen, Zaubermaus! Aber warum?“

Ich sah ihn fest an und erklärte: „Er ist krank, Paul. Ich spüre, dass er nicht mehr lange zu leben hat. Vielleicht noch vier Monate, vielleicht weniger. Er soll die letzten Tage in Freiheit verbringen.“

Paul sah mich nachdenklich an. „Wenn du das sagst ...“

Der Junge schaute uns an, Tränen in den Augen. „Was macht ihr jetzt mit mir?“

„Wir geben dir einen Tag Zeit“, sagte ich. „Geh, wohin du willst. Aber wenn wir hören, dass du wieder deine alten Tricks anwendest, werden wir dich jagen. Gnadenlos.“

Der Junge nickte langsam, dann lief er so schnell davon, dass wir ihn bald aus den Augen verloren. Paul war immer noch verwirrt, aber er vertraute meinem Urteil.

„Er wird es schon verstehen“, murmelte ich leise, als wir uns auf den Weg machten. Der Katzengott wartete sicher schon mit unserem nächsten Auftrag ...

19

Ja, wir hatten einen Mörder laufen lassen, doch bald erfuhren wir, ausgerechnet durch Pauls Vater, dass er zwei Wochen nach unserer Begegnung verstorben war. Ich hatte recht behalten – der Jungen war unheilbar krank gewesen. Paul und ich liefen entspannt eine Straße entlang, das Gefühl von Erleichterung lag in der Luft. Wir hatten das Richtige getan – und der Junge in den letzten Wochen seines Lebens nichts Böses mehr.

Doch wie immer hielt die Ruhe bei uns nicht lange. Am Straßenrand sahen wir einen jungen Mann sitzen, der immer wieder zerknüllte Papierstücke in die Luft warf und sie achtlos zu Boden fallen ließ. Seine Bewegungen wirkten fahrig und frustriert. Wir beobachteten ihn eine Weile, bevor ich Paul anstieß. „Komm, lass uns mal nachsehen, was da los ist."

Als wir näher kamen, sahen wir die Flasche in seiner Hand. Der junge Mann nahm einen großen Schluck und lachte uns an, aber es war kein freudiges Lachen – es klang leer und bitter. „Ob alles okay ist?", fragte er, bevor er selbst noch einmal laut loslachte und dabei fast in den Bach gefallen wäre, der neben der Straße floss.

Ich reagierte schnell und packte ihn am Arm, gerade noch rechtzeitig, bevor er hineinstürzte. „Alles gut!", sagte ich ruhig. Paul half mir, ihn auf die Beine zu ziehen. „Komm", sagte ich, „wir bringen dich erst mal in ein Hotel. Da kannst du deinen Rausch ausschlafen."

Am nächsten Morgen besuchten wir gleich. Irgendwie machten wir uns Sorgen um den jungen Mann, vielleicht brauchte er ja mehr Hilfe, als es gestern den Anschein hatte. Wir trafen ihn in dem Hotel, in dem wir ihm ein Zimmer für eine Nacht gemietet hatten. Er stellte sich als Kurt vor, ein Schriftsteller, der Bücher schrieb – zumindest hatte er das bis vor Kurzem getan.

„Aber keiner liest mehr echte Bücher", sagte Kurt mit einer traurigen Stimme. „Die Menschen sitzen alle an ihren Geräten, schauen Filme, Spielshows oder doofe Serien. Das gedruckte Buch ist nur noch ein Ladenhüter."

Ich sah, wie ihm eine Träne über die Wange lief, die er schnell wegwischte. Irgendwie tat er mir leid. Ich konnte sehen, wie sehr ihn dieser Niedergang seiner Leidenschaft quälte. Paul und ich tauschten Blicke aus. Wie sollten wir ihm helfen? Wir wussten beide, dass es heutzutage unglaublich schwer war, als Schriftsteller erfolgreich zu sein, besonders wenn man klassische Bücher schrieb.

„Kurt, ist das wirklich der einzige Grund, warum du so verzweifelt bist?", fragte ich vorsichtig. „Und warum du gestern so betrunken warst?"

„Nicht nur", antwortete er. „Es ist das Gefühl, dass die Geschichten, die ich schreibe, nicht den richtigen Nerv treffen. Die Menschen scheinen sie zu mögen, aber irgendwie bleibt die Begeisterung aus. Und dann ... ein Buch zu veröffentlichen, ist teuer. Die ganzen Korrekturen, das Lektorat – das kostet alles ein Vermögen."

Paul sah mich an und zuckte mit den Schultern. „Das klingt nach einer Menge Arbeit, aber vielleicht finden wir einen Weg", sagte er und versuchte, optimistisch zu klingen.

Ich nahm eines seiner Bücher in die Hand, die er neben seinem Bett liegen hatte, blätterte darin und zeigte es Paul. „Siehst du, Paul? Das hier ... irgendwie kommt mir das bekannt vor."

Paul grinste. „Ja, das könnten fast Geschichten von uns sein, Zaubermaus. Die passen zu uns."

„Mag sein, aber lass dir bitte nichts anmerken", warnte ich ihn. Ich wusste, Paul neigte dazu, voreilig zu sein.

Wir beschlossen, Kurts Geschichten an verschiedene Verlage zu schicken. Natürlich holten wir vorher sein Einverständnis dafür ein. Kurt war zwar skeptisch, doch schließlich willigte er ein. Wir machten uns an die Arbeit, schickten Manuskripte an mehrere Verlage.

Tage vergingen, doch die Antworten, die wir bekamen, waren ernüchternd. Niemand schien Interesse an seinen Geschichten zu haben.

„Verdammt!", rief Paul frustriert. „Was, wenn Kurt jetzt aufhört zu schreiben? Was, wenn er die Lust verliert? Wenn er aufhört, dann ... dann sterben wir doch auch, oder?"

„Beruhig dich, Paul", sagte ich und legte ihm die Hand auf die Schulter. „Kurt wird nicht aufhören. Wir müssen nur die Menschen neugierig machen. Mundpropaganda ist der Schlüssel."

„Meinst du, das klappt?", fragte Paul skeptisch.

„Warum nicht?", antwortete ich. „Wenn die Leute erst mal davon hören und anfangen, darüber zu reden, dann lesen sie seine Bücher auch. Schließlich sind wir ja seine Helden."

„Okay", sagte Paul, „dann lass uns anfangen. Aber zuerst sollten wir noch mal nach Kurt sehen."

Als wir zu ihm kamen, er hatte inzwischen eine kleine Wohnung bezogen, sahen wir ihn schon wieder schreiben. Ein Lächeln lag auf seinen Lippen.

„Schau, Paul! Er schreibt weiter!", sagte ich.

„Ja", meinte Paul erleichtert, „und vielleicht bringt er doch noch die richtigen Leute dazu, seine Geschichten zu lesen."

Wir erzählten Kurt von unserem Plan, die Menschen über seine Geschichten zu informieren. Er versprach uns, dass er nicht aufhören würde zu schreiben, selbst wenn es nur zehn Menschen wären, die seine Bücher lesen würden. „Solange ich auch nur ein paar Menschen mit meinen Geschichten glücklich machen kann, schreibe ich weiter", sagte er fest. Kurt gab uns einen dicken Stapel Papier mit und bat uns, diese an die Menschen zu verteilen, von denen wir dachten, dass sie die Geschichten über Zaubermaus und Paul lesen würden. Wir nahmen die Herausforderung an, auch wenn wir wussten, dass es nicht einfach werden würde.

„Danke", sagte er, als wir uns verabschiedeten. „Irgendwann sehen wir uns bestimmt wieder."

Wir versprachen ihm, sein Werk weiter zu verbreiten, und machten uns auf den Weg ...

20

Nachdem wir uns von Kurt verabschiedet hatten, spürte ich, dass wir ihn guter Dinge zurückgelassen hatten. Der frische Wind der Stadt wehte uns nun ins Gesicht, die Straßen um uns herum schienen lebendig. Doch Paul und ich blieben in Gedanken noch bei Kurt. Der Gedanke, dass jemand mit solch einer Leidenschaft für das Schreiben fast aufgegeben hätte, ließ uns nicht los.

Während wir liefen, konnte ich Pauls grüblerisches Gesicht nicht übersehen. „Was ist los, Paul?", fragte ich und schmunzelte leicht. „Du bist so still."

„Ich frage mich, ob wir wirklich genug getan haben, um Kurt zu helfen. Was, wenn es nicht reicht?" Er schaute mich an, seine Stirn war leicht gerunzelt.

Ich legte ihm beruhigend die Hand auf die Schulter. „Paul, wir haben getan, was wir konnten. Manchmal müssen wir den Menschen den Weg zeigen, aber sie müssen ihn selbst gehen. Kurt hat jetzt den Funken, den er brauchte, um weiterzumachen."

Paul nickte langsam. „Du hast wahrscheinlich recht, aber es wäre schön, wenn wir noch mehr für ihn tun könnten. Irgendwie fühlt es sich an, als hätten wir ihn mitten in einem Kampf zurückgelassen."

„Vielleicht", sagte ich nachdenklich, „aber wir können nicht jeden Kampf für die Menschen bis zum Ende ausfechten. Jeder hat seine eigenen Herausforderungen."

Wir setzten unseren Weg fort, doch die Stille zwischen uns war schwer, als ob sie voller unausgesprochener Gedanken und Zweifel war. Schließlich lenkte uns etwas anderes ab: Ein junger Mann, der weiter vorne am Straßenrand stand, schien Schwierigkeiten zu haben. Er trank aus einer Flasche und warf immer wieder Papier zusammengeknüllt auf den Boden. Von Weitem konnte man sein frustriertes Murmeln hören, das von der leichten Brise zu uns getragen wurde.

„Oh je, das sieht nicht gut aus", murmelte ich, als wir näher kamen. „Was meinst du, Paul?"

„Da ist wieder jemand, der wohl gerade seine Welt gegen eine Wand gefahren hat", antwortete Paul trocken, doch seine Stimme hatte eine Spur von Besorgnis.

Wir gingen auf den jungen Mann zu. Sobald er uns bemerkte, nahm er einen großen Schluck aus seiner Flasche und grinste uns schief an. „Was wollt ihr?", fragte er mit schwerer Zunge. „Noch eine moralische Lektion?"

„Eigentlich nicht", sagte ich ruhig. „Wir wollten nur nachsehen, ob alles in Ordnung ist."

Er lachte bitter und hob die Flasche, als ob er uns zuprosten wollte. „Alles in Ordnung? Klar doch! Perfekt! Kann man sehen, oder?" Dann stolperte er leicht und ich erkannte, dass er jeden Moment fallen könnte. Schnell packte ich seinen Arm und stabilisierte ihn.

„Komm, wir bringen dich besser erst mal irgendwohin, wo du dich ausruhen kannst", sagte ich.

Paul und ich führten den jungen Mann in ein nahe gelegenes Hotel, wo wir ihn auf ein Bett legten, damit er seinen Rausch ausschlafen konnte. Das Ganze erinnerte mich ein wenig an die Situation mit Kurt. Ob wir hier noch einen gescheiterten Schriftsteller vor uns hatten? Doch an diesem Tag würden wir das sicherlich nicht mehr erfahren, denn dafür war er viel zu betrunken. So ließen wir ihn alleine.

Am nächsten Morgen, als die Sonne ihre ersten Strahlen durchs Fenster warf, kehrten wir zu ihm zurück, um zu sehen, wie es ihm ging. Zu unserer Überraschung saß er bereits wach auf dem Bett und sah uns mit klaren, aber traurigen Augen an.

„Danke ..., ich schätze, ich war gestern nicht ganz bei mir", murmelte er und rieb sich den Kopf. „Ich ... ich habe einfach im Moment das Gefühl, dass alles schiefläuft. Es ist so viel Mist in letzter Zeit passiert."

„Kein Problem", antwortete ich. „Aber vielleicht solltest du uns erzählen, was los ist. Wie heißt du?"

Der Mann seufzte tief und fuhr sich durch das strubbelige Haar. „Ich heiße Kurt", sagte er schließlich. „Vor zwei Jahren habe ich die Liebe meines Lebens verloren. Sie hat mich verlassen … einfach so. Seitdem habe ich das Gefühl, dass nichts mehr Sinn macht. Alles, was wir gemeinsam hatten, ist … weg. Als ob ich ohne sie nicht vollständig bin." Seine Stimme brach leicht und er drehte den Kopf weg, um uns seine Tränen zu verbergen.

Paul und ich blieben still, gaben ihm den Raum, den er brauchte. Verlorene Liebe – das war ein Schmerz, den man mit Worten kaum beschreiben konnte.

„Sie hat dich verlassen?", fragte ich vorsichtig.

Kurt nickte langsam. „Ja. Wir hatten unsere Probleme, sicher, aber ich dachte, das wäre normal. Ich dachte, wir könnten das zusammen durchstehen. Aber … eines Morgens war sie weg. Keine Erklärung, nur ein Abschiedsbrief auf dem Küchentisch."

„Und seitdem fühlst du dich verloren?", fragte Paul, seine Stimme war voller Verständnis.

„Verloren ist nicht mal das richtige Wort", antwortete Kurt. „Es ist, als ob ich nicht mehr weiß, wer ich ohne sie bin. Jeder Ort, den ich besuche, jede Sache, die ich tue – alles erinnert mich an sie. Es gibt keinen Tag, an dem ich nicht an sie denke."

„Hast du je versucht, sie zu kontaktieren?", fragte ich.

„Mehrfach", sagte Kurt. „Aber sie antwortet nicht. Es ist, als ob sie in einer anderen Welt lebt, einer Welt ohne mich."

„Manchmal", begann Paul nachdenklich, „haben Menschen das Gefühl, dass sie jemanden brauchen, um vollständig zu sein. Aber das ist ein Irrtum. Du bist eine ganze Person, Kurt, mit oder ohne sie. Es ist schwer, das zu erkennen, besonders wenn die Liebe tief war. Aber es ist wahr."

„Ich weiß das", sagte Kurt bitter. „Aber es ändert nichts daran, wie leer ich mich fühle. Sie war alles für mich."

Ich nickte langsam. „Verlust ist schwer, besonders wenn es um Liebe geht. Aber die Wahrheit ist, dass du ohne sie nicht weniger wert bist. Du hast noch so viel vor dir, auch wenn es sich gerade nicht so anfühlt."

„Und wenn es keinen Weg gibt, weiterzumachen?", fragte Kurt verzweifelt. „Wenn ich mich für immer so fühlen werde?"

„Das wird nicht passieren", antwortete ich bestimmt. „Der Schmerz verblasst. Er wird immer ein Teil von dir sein, aber er wird dich nicht mehr kontrollieren. Und irgendwann, vielleicht ohne dass du es bemerkst, wirst du wieder in der Lage sein, Freude zu empfinden."

Kurt schüttelte den Kopf. „Ich weiß nicht, ob das möglich ist."

Paul legte ihm eine Hand auf die Schulter. „Es ist möglich. Vertraue mir. Du bist noch nicht fertig mit dem Leben, Kurt. Es gibt so viel mehr, was du erleben kannst, und wer weiß – vielleicht wird sogar die Liebe eines Tages zurückkommen. Vielleicht nicht dieselbe, aber etwas genauso Schönes."

„Und wenn sie es nicht tut?"

„Dann wirst du trotzdem weiterleben, stark und erfüllt", sagte ich. „Aber du musst den ersten Schritt tun. Finde heraus, wer du ohne sie bist, und mach das Beste daraus. Sie hat dich geliebt, aber das hat deinen Wert nicht bestimmt. Du bist genug, so wie du bist."

Kurt schwieg eine Weile, ließ unsere Worte in sich einsinken. „Und was, wenn ich sie nie wiedersehen werde?", fragte er schließlich leise.

„Manchmal", sagte ich sanft, „ist das die härteste Lektion, die wir lernen müssen. Menschen kommen und gehen, aber die Liebe, die du für sie empfunden hast, bleibt. Sie verändert sich, entwickelt sich weiter, aber sie bleibt ein Teil von dir. Und das ist nicht schlecht. Das alles ist Teil dessen, was dich zu dem macht, was du bist."

„Ich weiß nicht, ob ich das schaffen kann", flüsterte Kurt, seine Stimme brüchig.

„Du kannst es", sagte Paul. „Aber du musst dir selbst erlauben, weiterzumachen. Erkenne, dass es nicht das Ende ist, sondern ein neuer Anfang."

Kurt sah uns beide an, seine Augen voller Zweifel, aber auch mit einem kleinen Funken Hoffnung. „Ihr habt recht", sagte er schließlich. „Vielleicht ... vielleicht gibt es wirklich einen Weg, weiterzumachen. Es wird nicht leicht sein, aber ... ich werde es versuchen."

Ich lächelte und stand auf. „Das ist alles, was du tun kannst, Kurt. Einen Schritt nach dem anderen."

Als wir uns verabschiedeten, konnte ich sehen, dass er nicht mehr derselbe Mann war, den wir auf der Parkbank gefunden hatten. Er hatte noch einen langen Weg vor sich, aber der erste Schritt war getan.

Paul und ich liefen weiter, beide in Gedanken versunken.

„Glaubst du, er wird es schaffen?", fragte Paul bald.

„Ich denke schon", antwortete ich. „Aber es wird Zeit brauchen."

„Und was ist mit uns?", fragte er grinsend. „Was wird unser nächstes Abenteuer sein?"

Ich sah ihn an und lächelte. „Wer weiß? Aber eines ist sicher – wir werden es gemeinsam schaffen, so wie immer."

Während wir durch die Straßen schlenderten, wusste ich, dass auch für uns beide immer neue Herausforderungen und Abenteuer bereitstanden.

21

Ich konnte es kaum glauben, wie schick Paul und ich aussahen, als wir uns in unseren maßgeschneiderten Anzügen gegenüberstanden. Wir trugen nicht nur die edelsten Stoffe, unsere Haare waren aalglatt, und der Duft, der uns umgab, roch regelrecht nach Geld und Macht. So elegant waren wir wohl noch nie aufgetreten. Unser Büro strahlte im Glanz zahlreicher Auszeichnungen, überall hingen Plaketten: *Beste Anwälte* und *Vertrauensvolle Verteidiger.*

Paul musterte mich und sagte nur: „Zaubermaus, was hat das alles zu bedeuten? Und wie passt das zu unserem neuen Auftrag?"

Noch bevor ich antworten konnte, klopfte es an der Tür. Eine kleine, alte Dame trat herein. Sie sah uns verzweifelt an, ihre Augen waren gerötet, ihre Hände zitterten und ihre Stimme war brüchig, als sie sprach: „Ihr seid meine letzte Hoffnung. Mein einziger Sohn sitzt unschuldig im Todestrakt. Bitte, helft mir!"

Ich konnte den Schmerz in ihrer Stimme förmlich spüren. „Setzen Sie sich erst einmal", sagte ich sanft und reichte ihr ein Glas Wasser. Die Frau zitterte am ganzen Körper, was kein Wunder war, wenn man bedachte, dass ihr Sohn in einer Woche hingerichtet werden sollte. Wir baten sie, uns die ganze Geschichte zu erzählen, damit wir uns ein Bild machen konnten.

Sie erzählte uns, dass es in einem italienischen Restaurant in New York zu einem Blutbad gekommen war. Dutzende Menschen wurden verletzt, einige starben – darunter unschuldige Kinder. Ihr Sohn war an dem Tag nur zufällig dort vorbeigekommen, als die Täter aus dem Restaurant stürmten. Sie drückten ihm eine Waffe in die Hand und flüchteten. Natürlich war er geschockt und verstand überhaupt nicht, was vor sich ging. Dummerweise war er hineingegangen, um zu sehen, was passiert war. Als er die Leichen und die Verletzten sah, geriet er in Panik und wollte gerade wieder hinaus, als ihn die Polizei umstellte. „Mein Sohn war so dumm, die Waffe überhaupt in die Hand zu nehmen", schluchzte sie. „Aber er ist kein Mörder! Doch alle Beweise sprechen gegen ihn. Es sieht so aus, als hätte man ihn auf frischer Tat ertappt. Bitte ..., glauben Sie mir, mein Sohn ist unschuldig!"

Paul und ich tauschten einen besorgten Blick. Das würde eine harte Nuss werden.

Die ältere Dame fing an, herzzerreißend zu weinen. Sie flehte uns an: „Ich kann Ihnen nicht viel zahlen, aber bitte, helfen Sie meinem Sohn!"

Paul sah mich an und ich wusste, was er dachte. „Wir können nichts versprechen", sagte ich ruhig, „aber wir werden alles tun, was in unserer Macht steht. Und keine Sorge wegen des Geldes. Wir machen das umsonst." Dankbar sah sie uns an und hinterließ uns die Adresse des Hochsicherheitsgefängnisses, in dem ihr Sohn einsaß.

Noch am selben Abend machten wir uns auf den Weg dorthin. Die Aufseher führten uns in den Trakt der Todeszellen, wo wir ihren Sohn trafen. Er war jung, zu jung, um ein Mörder zu sein. Er sah nicht aus wie jemand, der eine derartige Tat begehen konnte – vielmehr wie ein verängstigtes Kind. Doch wir bekamen an diesem Abend kein Wort aus ihm heraus.

Einer der Wärter sah uns an und meinte: „Der Junge hat den Verstand eines Neunjährigen. Es ist eine Katastrophe, wie dieses Verfahren gelaufen ist." Als ich ihn fragte, was er damit meinte, zuckte er nur mit den Schultern und gab uns eine Adresse, unter der wir ihn nach Feierabend treffen könnten.

Am nächsten Tag trafen wir den Wärter wieder, doch bevor wir uns ihm nähern konnten, hörten wir einen lauten Schuss. Für einen Moment stockte mir der Atem. War er getroffen worden? Doch dann hörten wir seine Stimme: „He, ihr zwei! Ich bin hier drüben."

Er zitterte noch am ganzen Körper, als wir ihn erreichten. „Dieser Schuss galt mir", sagte er. „Sie wollten mich zum Schweigen bringen."

Langsam begann er uns die Wahrheit zu erzählen. Es gab Ungereimtheiten bei der Gerichtsverhandlung. Beweise wurden manipuliert, Zeugenaussagen ignoriert. Einige Zeugen hatten vor dem Restaurant eine schwarze Limousine gesehen, aus der vier Männer ausgestiegen waren, die später wieder verschwanden. Aber warum wurden das bei der Verhandlung nicht berücksichtigt? Und warum wurde ein Junge mit dem Verstand eines kleinen Kindes als Täter dargestellt?

„Wir haben nur noch wenige Tage Zeit", murmelte ich und sah Paul an.

Paul nickte ernst. „Ja, Zaubermaus. Und jetzt müssen wir zuerst die schwarze Limousine finden."

Zunächst stellten wir bei Gericht einen Antrag auf Wiederaufnahme des Verfahrens und beantragten einen Aufschub der Hinrichtung. Nach drei intensiven Tagen und dank neuer Beweise konnten wir den Aufschub tatsächlich erwirken, doch die Uhr tickte weiter. Die Zeit lief uns davon, wir hatten noch nicht genug Zeugen, um das Blatt zu wenden.

Also besuchten wir das italienische Restaurant, um vielleicht dort neue Hinweise zu finden. Die Leute waren jedoch sehr zurückhaltend, keiner wollte mit uns reden. Plötzlich öffnete sich eine unscheinbare Seitentür und jemand winkte uns zu sich. Die Person blieb im Schatten verborgen, sprach aber mit eindringlicher Stimme: „Wenn euch euer Leben lieb ist, verschwindet ihr von hier. Das hier geht tiefer, als ihr ahnt."

„Das werden wir nicht tun!", rief ich entschlossen. „Wir lassen nicht zu, dass ein unschuldiger Junge für eine Tat stirbt, die er nicht begangen hat!"

Doch bevor ich aussprechen konnte, hörten wir ein Klicken. „Zaubermaus, in Deckung!", schrie Paul. Es folgten Schüsse und ein Rattern. Als der Lärm nachließ, hörten wir eine Stimme flüstern: „Sind die beiden Anwälte endlich tot? Gut, dann lasst uns verschwinden!"

Aber sie hatten die Rechnung ohne uns gemacht. Noch bevor die Täter entkommen konnten, schnappten Paul und ich uns die vier Ganoven, die uns gerade noch hatten töten wollen. Jetzt waren wir an der Reihe, ihnen Angst einzujagen. Die vier schrien vor Panik, als sie uns in einer Gestalt sahen, die sie sich in ihren schlimmsten Albträumen nicht hätten vorstellen können. Sie sahen das Böse in uns – und bald flehten sie um Gnade.

„Erzählt uns alles", verlangte ich mit eisiger Stimme und als großer Katzenengel mit Heiligenschein, „oder es wird euch noch schlecht ergehen."

Unter Tränen und zitternd vor Angst gestanden sie, dass sie Teil der Mafia waren. Ihr Auftrag bestanden darin, unschuldige Menschen zu beschuldigen, damit sie selbst nicht ins Visier der Ermittler gerieten. Der Sohn der älteren Dame, die uns um Hilfe gebeten hatte, war ihr letzter unschuldiger Sündenbock gewesen. Sie war die wahre Drahtzieherin, eine kaltblütige Frau, die über Leben und Tod entschied.

„Also war sie es, die ihren eigenen Sohn ans Messer liefern wollte!", rief ich und spürte, wie die Wut in mir aufstieg. „Ihr habt die Tat begangen – und sie hat uns manipuliert, um ihren eigenen Sohn zu schützen!"

Mit unseren neuen Informationen führten wir die vier Ganoven zur Staatsanwaltschaft. Ihre Aussagen führten dazu, dass die ältere Dame, die uns hereingelegt hatte, verhaftet wurde. Die Todesstrafe ihres Sohnes wurde aufgehoben und die wahren Schuldigen wurden zu langen Haftstrafen verurteilt.

Nach sechs langen Monaten konnten Paul und ich endlich aufatmen. Der junge Mann, den wir gerettet hatten, würde nicht sterben, und die Gerechtigkeit hatte gesiegt. Wir waren zufrieden und bereit, uns neuen Abenteuern zu stellen – wer weiß, was der Katzengott als Nächstes für uns bereithalten würde.

22

Bald darauf fanden Paul und ich uns plötzlich an einem völlig unerwarteten Ort wieder: Wir saßen auf Schulbänken, gekleidet in identische Schuluniformen. Paul sah mich verwirrt an und flüsterte: „Zaubermaus, wo zum Teufel sind wir?"

Ich zuckte nur ratlos mit den Schultern, denn ich wusste es genauso wenig. In dem Moment erklang eine strenge Stimme von vorne: „Hey, ihr zwei Turteltauben! Ihr könnt später genug reden. Aber jetzt haltet die Klappen!" Ein lauter Schnauber folgte, gefolgt von einem belustigten Kichern der anderen Schüler. Wir nickten nur gehorsam.

Der Mann vor uns, unser Lehrer, hielt einen Vortrag über Tiere, die längst ausgestorben waren. Mit leuchtenden Augen erzählte er uns, dass er zwei dieser Kreaturen aus der Urzeit hätte. Zwei von uns Schülern sollten die Ehre haben, nach einer kurzen, aber intensiven Ausbildung mit diesen Geschöpfen zusammenzuarbeiten. Doch bevor er weiter in die Details gehen konnte, wurde der Unterricht von einem lauten Gebrüll unterbrochen. Das Dröhnen hallte durch das Gebäude und unser Lehrer stürmte hastig hinaus, um nach den Tieren zu sehen. Das Schreien und Poltern hörte nicht auf, es vergingen Minuten, die sich wie Stunden anfühlten. Schließlich wurde uns allen klar, dass unser Lehrer nicht zurückkommen würde. Irgendwas stimmte nicht.

„Wir müssen ihn suchen", sagte ich entschlossen zu Paul. Aber ein merkwürdiges Gefühl beschlich mich – etwas war hier faul. Ein paar der anderen Schüler zögerten, aber wir beschlossen, zusammen loszuziehen.

Auf dem Weg durch die verwinkelten Flure hörten wir plötzlich einen der Schüler laut rufen: „Hier liegt was!"

Als ich näher trat, stockte mir der Atem. Da lag der Kopf unseres Lehrers, sauber abgetrennt, als hätte ein scharfer Gegenstand die Tat vollbracht. Der Anblick war grausam, ich musste mich zwingen, nicht wegzulaufen. Kurz darauf fanden wir auch den Rest seines Körpers. Panik breitete sich aus. Es war klar: Die wilden Kreaturen, von denen er gesprochen hatte, waren wohl ausgebrochen und nun auf freiem Fuß in diesem Gebäude.

Plötzlich begann das Flurlicht unheimlich zu flackern und in der Ferne hörten wir erneut dieses schreckliche Gebrüll. Einige der Schüler gerieten in Panik. Paul versuchte sie zu beruhigen, aber es war zwecklos. Ein paar rannten kopflos davon, ohne auf unsere Warnungen zu achten.

Dann ertönte erneut ein lauter Schrei, gefolgt von schrecklichem Gebrüll. Zwei unserer Mitschüler waren tot – ausgesaugt bis auf die Knochen. Was auch immer diese Bestien waren, sie hatten nicht nur den Lehrer, sondern auch unsere Mitschüler getötet.

Paul drehte sich langsam zu mir um, sein Gesicht kreidebleich. „Zaubermaus, wenn das so weitergeht, wird bald keiner von uns mehr übrig sein!"

Ich merkte, wie Panik in ihm hochstieg, aber ich konnte es mir nicht leisten, die Kontrolle zu verlieren. „Paul, reiß dich zusammen! Wir finden einen Weg, das hier zu überleben. Aber dazu müssen wir alle zusammenhalten und dürfen nicht in Panik verfallen."

Einer der Schüler, offenbar mutiger als der Rest, stand plötzlich auf und sagte provokant: „Ach, und du bist jetzt der Boss hier?"

Ich sah ihn an, ruhig, aber entschlossen. „Wenn du hier lebend rauskommen willst, tust du, was ich sage. Andernfalls wirst du bald ein weiteres Skelett sein." Der Schüler verstummte sofort.

Dann kam die nächste Frage, die Paul mir flüsternd stellte: „Und was machen wir jetzt, Zaubermaus? Was ist dein Plan?"

In diesem Moment hatte einer der anderen Schüler eine Idee. „Wisst ihr, unser Lehrer hatte hier im Keller ein geheimes Versuchslabor. Da sollen Maschinen sein, mit denen man in andere Zeiten reisen kann!"

Ich sah Paul erstaunt an. Zeitreisen? Konnte das wirklich sein?

Gemeinsam eilten wir in den Keller des Gebäudes. Und tatsächlich, dort stand sie: eine gigantische Maschine, die den ganzen Raum ausfüllte. Sie sah uralt aus, aber ihre schiere Größe ließ vermuten, dass sie mächtig war.

„Ist das Ding vielleicht verantwortlich für die Kreaturen? Sind die Wesen durch diese Maschine hierhergekommen?", fragte ich leise.

Bevor wir das weiter ergründen konnten, ertönte erneut lautes Geschrei. Der Boden unter uns bebte und die Schüler gerieten wieder in Panik. Paul schaffte es gerade noch, sie zu beruhigen.

„Wir müssen die Maschine in Gang setzen", sagte ich, „und diese Kreaturen wieder dahin zurückschicken, wo sie hergekommen sind!"

Paul warf mir einen panischen Blick zu. „Zaubermaus, mach diese verdammte Kiste endlich an!"

Ich arbeitete, so schnell ich konnte, an den Hebeln und Knöpfen. „Glaubst du, ich sonne mich hier etwa?", schrie ich zurück.

Endlich begann die Maschine zu summen und ein heller Lichtkreis erschien in der Mitte des Raumes. Im selben Moment zerbarst die Tür des Labors mit einem gewaltigen Knall und die Kreaturen stürmten herein. Die Schüler schrien vor Angst, auch ich musste mir eingestehen, dass mir ebenfalls das Herz bis zum Hals schlug.

Einer der Schüler fasste sich jedoch ein Herz. Mit einem mutigen Schritt stellte er sich direkt vor den Lichtkreis, ritzte sich die Hand auf und rief den Bestien zu: „He! Kommt her, ihr Feiglinge, oder habt ihr Angst vor einem kleinen Menschen?"

Paul schrie entsetzt: „Tu das nicht!"

Doch es war zu spät. Die Kreaturen stürmten auf den mutigen Schüler zu und verschwanden mit ihm in dem Lichtkreis. Ich wusste, dass wir keine Zeit mehr hatten. „Schalt die Maschine ab, Paul!", rief ich.

Paul zögerte.

„Nein, wir können ihn zurückholen!", schrie ich.

Paul sah mich ernst an und sagte: „Er war verloren, als er diese

Entscheidung traf." Dann zog er den Stecker und die Maschine verstummte. Der Lichtkreis verschwand – die Kreaturen waren endgültig weg.

Das Schlimmste war überstanden. Wir bauten die Maschine vollständig ab und vernichteten sie, um sicherzugehen, dass niemand jemals wieder durch die Zeit reisen oder solche Kreaturen in unsere Welt holen konnte. Die Schüler, die überlebt hatten, mussten alles vergessen. Ich braute ein besonderes Getränk für sie, das ihre Erinnerungen an diesen schrecklichen Tag auslöschen würde.

Als die Ruhe wieder eingekehrt war, machten Paul und ich uns auf den Weg. Wir wollten nur noch weit weg von dieser Schule.

23

Wir hatten die Schule gerade erst hinter uns gelassen, da fing Paul an zu quengeln. Paul – typisch Paul – drängelte schon die ganze Zeit und jammerte, dass er Hunger habe. Also beschlossen wir, eine kurze Pause einzulegen und bei McDonald's anzuhalten. Ich hatte ohnehin noch ein paar Dinge zu erledigen: Ich musste dringend auf die Toilette und unser Wagen, den wir uns besorgt hatten, brauchte auch etwas Benzin.

Nachdem ich mich frisch gemacht und alles erledigt hatte, wollte ich Paul im Restaurant treffen. Doch als ich gerade auf das Gebäude zuging, fiel mir ein großes Auto auf, das mit quietschenden Reifen vom Parkplatz raste. Zuerst dachte ich mir nichts dabei – schließlich sahen wir oft rasende Autos, wenn wir unterwegs waren. Doch etwas nagte an mir, eine kleine, unangenehme Vorahnung, die ich nicht abschütteln konnte. Trotzdem ging ich hinein, um Paul zu finden.

Ich wartete an einem Tisch und bestellte mir etwas, aber von Paul war weit und breit nichts zu sehen. Es vergingen Minuten, dann eine halbe Stunde. Schließlich ging ich zum Kassierer und fragte, ob er einen Mann gesehen habe, der Pauls Beschreibung entsprach. Zu meinem Entsetzen sagte er, dass niemand wie Paul den Laden betreten habe.

Jetzt machte ich mir ernsthaft Sorgen. War Paul in dem großen Wagen, der davongerast war? Und wenn ja, warum? Ich begann, nach Anhaltspunkten zu suchen, wo er abgeblieben sein konnte. Als ich die Toiletten überprüfte, sah ich, dass dort ein Kampf stattgefunden haben musste. Überall waren Blutspuren und zerknüllte Tücher verteilt. Mein Herz begann schneller zu schlagen. Hatte Paul gekämpft? War er verletzt?

Plötzlich hörte ich schwache Hilferufe aus einer verschlossenen Toilettenkabine. Mit aller Kraft öffnete ich die Tür, die mit einem Keil verklemmt war. Vor mir stand eine junge Frau, ihre Augen tränenüberströmt, und neben ihr saß ein kleiner Junge im Rollstuhl. Sie zitterte am ganzen Körper und ich musste sie erst einmal beruhigen.

„Was ist passiert?", fragte ich sanft.

Die Frau begann stockend zu erzählen: „Mein Mann, er wollte sich nur kurz frisch machen, aber dann ... dann kamen diese Männer. Sie wollten unseren Kombi – der Wagen ist extra für unseren Sohn angefertigt, er braucht ihn! Ohne den Wagen sind wir verloren." Sie stockte, rang nach Luft. „Dieser gut aussehende Mann" – sprach sie von Paul? – „kam uns zu Hilfe, aber sie überwältigten ihn. Sie warfen meinen Mann und Ihren Freund in den Wagen und sagten, wenn wir die Polizei rufen würden, wären sie tot."

Ich zeigte ihr ein Bild von Paul. „War es dieser Mann?" Sie nickte und die Tränen flossen erneut.

Der kleine Junge im Rollstuhl zupfte an meinem Ärmel und fragte leise: „Du wirst uns doch helfen, oder?" Seine großen, unschuldigen Augen durchdrangen mich und ich wusste, dass ich ihn nicht enttäuschen konnte. Ich nickte entschlossen. „Natürlich helfe ich euch."

Die Frau war verzweifelt. „Was sollen wir tun? Die Polizei ..."

„Nein", unterbrach ich sie. „Keine Polizei. Ich verspreche dir, ich werde deinen Mann, den Wagen und Paul zurückbringen. Vertraue mir."

„Aber das viele Blut ...", flüsterte sie und zitterte wieder.

„Das muss noch nichts bedeuten", sagte ich, obwohl ich selbst unsicher war. Ich fragte sie nach einem Peilsender im Auto und sie bestätigte, dass ihr Wagen einen habe. Endlich ein Hoffnungsschimmer!

Mit dem Handy der Frau konnte ich das Signal orten – es war stark und gut zu erkennen, aber plötzlich brach es ab. Ich wusste nur ungefähr, wo ich suchen musste, mehr nicht.

Ich bat die junge Frau, nichts zu unternehmen, und versprach, mich zu melden, sobald ich Neuigkeiten hätte. Der kleine Junge versprach tapfer, auf seine Mutter aufzupassen. Nachdem ich sie nach Hause gebracht hatte, machte ich mich auf den Weg, Paul zu finden.

Es dauerte einige Stunden, bis ich die Gegend erreicht hatte, in der das Signal des Peilsenders zuletzt zu orten gewesen war. Es war ein düsterer Ort, ein heruntergekommenes Viertel, in dem ich mich nicht länger als nötig aufhalten wollte. Aber wenn ich Paul und den Mann retten wollte, musste ich genau hier weitersuchen.

Ich sah eine schäbige Kneipe, die geöffnet hatte, und beschloss, dort nach Informationen zu suchen. Schon beim Betreten des Ladens fühlte ich mich unwohl – die Männer, die hier saßen, hatten alle die Aura von Kriminalität und Verbrechen. Ich setzte mich an den Tresen, bestellte einen Drink und versuchte, unauffällig zu bleiben. Doch niemand wollte mir etwas sagen. Es war klar, dass sie mich für einen Fremdkörper in ihrer Welt hielten.

Schließlich wurde ich ungeduldig. Nach einer kurzen, aber eindrucksvollen Drohung – begleitet von einem klärenden Handgriff an der Schulter eines besonders widerwilligen Kerls – begannen sie zu reden. Einer von ihnen, sichtlich eingeschüchtert, erzählte mir von einer Lagerhalle, in der geklaute Autos umgebaut und verkauft wurden. Dort, so behauptete er, würden auch *unnötige Zeugen* beseitigt.

„Zeugen?", fragte ich scharf.

Er nickte zögernd und fügte hinzu: „Dein Freund und der andere Typ ... die werden bald entsorgt."

Meine Wut kochte. Ich zwang einen der Männer, mir den Weg zur Lagerhalle zu zeigen. Als wir dort ankamen, ließ ich ihn verschwinden. Manchmal war es doch gut, den Höllenfürsten zu kennen. Jetzt musste ich schnell handeln. Die Zeit lief gegen mich, als ich plötzlich Stimmen aus der Halle hörte. Die Verbrecher waren wohl gerade dabei, alles zu verladen und abzuhauen.

Mit einem mulmigen Gefühl im Bauch betrat ich das riesige Gebäude. In der Mitte sah ich Paul und den Mann, beide an einen Pfahl gefesselt – umgeben von Dynamitstangen! Das erschwerte meine Mission erheblich. Ich konnte nicht einfach reinschleichen und sie befreien, ohne das Risiko einzugehen, alles in die Luft zu jagen.

Also entschied ich mich für einen anderen riskanten Plan. Ich stellte mich in die Mitte der Halle und rief laut: „Hey, ihr Feiglinge! Seid ihr wirklich so schwach, dass ihr nur abhauen könnt, wenn es brenzlig wird? Zeigt doch mal, was ihr wirklich drauf habt!"

Paul sah mich überrascht an und rief: „Zaubermaus! Wie bist du hierhergekommen? Es ist verdammt schön, dich zu sehen!"

Doch bevor ich antworten konnte, standen mir vier bewaffnete Männer gegenüber. Ohne Vorwarnung zogen sie ihre Waffen und eröffneten das Feuer auf mich.

Eine riesige Staubwolke umhüllte mich, und als sie sich legte, stand ich unversehrt da. Die Männer starrten mich ungläubig an. „Das gibt es doch nicht!", murmelte einer von ihnen.

Doch jetzt war ich dran. Mit aller Macht setzte ich meine Fähigkeiten ein und besiegte die vier Gangster so schnell, dass sie gar nicht wussten, wie ihnen geschah.

Gerade als ich dachte, ich hätte es geschafft, gab es eine ohrenbetäubende Explosion. Eine Dynamitstange ging hoch – Katzengott sei Dank nur eine! – und ich wurde durch die Luft geschleudert. Alles um mich herum drehte sich und ich verlor das Bewusstsein.

Als ich wieder zu mir kam, klatschte mir jemand kaltes Wasser ins Gesicht. Ich öffnete meine Augen und sah direkt in Pauls grinsendes Gesicht. „He, Zaubermaus", sagte er frech, „muss ich hier wieder alles alleine machen?"

Ich blinzelte verwirrt. Wie zum Teufel hatte er das geschafft? Doch Paul half mir auf die Beine und grinste weiter. „Komm, wir haben noch eine Familie glücklich zu machen." Zum Glück waren sowohl der Mann als auch der Wagen der Familie, den die Gangster geklaut hatten, unversehrt.

Als wir bei der Familie ankamen, war die Erleichterung groß. Der kleine Junge umarmte mich mit Tränen in den Augen und bedankte sich immer wieder. Die Mutter war überglücklich, ihren Mann wiederzuhaben, und auch ich atmete erleichtert auf. Doch bevor ich mich ganz entspannen konnte, drehte ich mich zu Paul um. „Ach, und du bekommst trotzdem eine Standpauke!"

Er grinste nur, aber ich wusste, dass er verstanden hatte.

Epilog

Nachdem wir uns von der Familie verabschiedet hatten, bedankte ich mich doch noch einmal beim Katzengott dafür, dass er nicht das ganze Dynamit in die Luft hatte gehen lassen. Ich sagte ihm auch, dass wir, Paul und ich, endlich einen Moment der Ruhe verdient hatten.

Während ich Zwiesprache mit dem Katzengott hielt, besuchte Pauls seinem Vater, den Höllenfürsten. Er machte ihm deutlich, dass er nicht in die Hölle zu ihm zurückkehren würde, sondern beim mir, Zaubermaus, bleiben wolle. Ich konnte sehen, dass er nach dem Besuch erleichtert war – eine Last, die er lange mit sich herumgetragen hatte, war endlich von ihm abgefallen. Der Segen seines Vaters, ein seltenes und mächtiges Zeichen der Anerkennung, was wir so gar nicht von ihm erwartet hatten, hatte Paul Frieden gebracht.

„Weißt du, Zaubermaus", begann Paul, als wir den flammenden Horizont der Unterwelt hinter uns ließen, „das war schon immer so eine Sache mit meinem Vater. Er war immer ... na ja, mächtig. Er hat diese dunkle Präsenz, aber heute ... heute war er irgendwie anders. Irgendwie ... stolz."

Ich nickte. „Es war ein großer Moment für dich. Er sieht, wie du dich entwickelst und deinen eigenen Weg gehst – das hat ihn berührt."

„Tja", sagte Paul mit einem schelmischen Grinsen, „dann wird es jetzt wirklich Zeit, mal richtig abzuschalten. Kein Katzengott, kein Höllenfürst und ganz sicher keine Bösewichte mehr! Einfach nur entspannen."

„Einverstanden", lachte ich und fühlte, wie auch bei mir die Anspannung nachließ. „Aber wohin soll es denn gehen? Eine tropische Insel? Ein Wellness-Resort? Irgendwo, wo niemand uns stören kann?"

Paul dachte kurz nach, dann strahlte er über beide Ohren. „Wie wäre es mit einem abgelegenen Bergsee? Ganz ruhig, mitten in der Natur, keine Menschen weit und breit – nur wir, ein Lagerfeuer und vielleicht ein kleines Boot."

Ich musste zugeben, die Idee klang verlockend. „Okay, Paul, ich bin dabei. Aber keine Abenteuer, keine komischen Pläne und keine wilden Tiere, die uns ins Wasser zerren!"

Paul hob unschuldig die Hände. „Versprochen! Diesmal machen wir wirklich Urlaub."

Gesagt, getan.

Wir fanden tatsächlich einen herrlichen Ort: einen Bergsee, umgeben von dichten Wäldern, so ruhig und friedlich, dass es fast unwirklich wirkte. Die Sonne spiegelte sich auf dem glasklaren Wasser, das leise Rauschen des Windes in den Bäumen war die einzige Geräuschkulisse. Wir hatten Zelte aufgeschlagen, ein kleines Boot für gemütliche Ausflüge über den See und sogar ein paar Angelruten – für den Fall, dass Paul Lust hatte, sein Abendessen selbst zu fangen.

„Na, das ist doch mal was!", rief Paul fröhlich, als er sich auf die Decke vor unserem Zelt fallen ließ. „Kein Stress, keine Sorgen, nur Ruhe!"

Ich lächelte. „Ja, das haben wir uns wirklich verdient."

Die ersten Tage verliefen tatsächlich so entspannt, wie Paul und ich es uns erträumt hatten. Wir verbrachten die Zeit mit Nichtstun, fuhren in dem kleinen Boot über den See und genossen die absolute Abgeschiedenheit. Abends saßen wir am Lagerfeuer und Paul versuchte, schiefe Lieder auf seiner selbst gebastelten Ukulele zu spielen, was mich immer wieder zum Lachen brachte. Es war eine Zeit, in der die Welt um uns herum plötzlich ganz klein wurde – nur wir zwei und die Natur.

Doch eines Abends, als wir gerade gemütlich unser Lagerfeuer aufschürten und den klaren Sternenhimmel bewunderten, meinte Paul plötzlich: „Zaubermaus, ich habe da ein komisches Gefühl. Ich weiß, du hast mich gerade erst vor Abenteuern gewarnt, aber ich glaube, da draußen ist etwas ... oder jemand."

Ich runzelte die Stirn. „Paul, ich hoffe, du spürst nicht wieder Gefahr. Wir haben Urlaub, erinnerst du dich?"

„Ja, ja, ich weiß", winkte er ab. „Aber ich kann nicht anders. Irgendetwas ist da draußen im Wald."

Ich lauschte in die Stille, aber hörte nichts Verdächtiges. Trotzdem konnte ich Pauls Instinkte nicht einfach ignorieren – er lag oft richtig, selbst wenn es noch so unwahrscheinlich schien. „Na gut, dann schauen wir nach. Aber nur aus Neugier", sagte ich und griff nach einer Taschenlampe.

Gemeinsam schlichen wir durch die Bäume. Je tiefer wir in den Wald gingen, desto dunkler wurde die Atmosphäre. Der Mond warf lange Schatten auf den Boden und das Rascheln der Blätter verstärkte die seltsame Spannung.

Plötzlich blieb Paul stehen. „Da vorne, siehst du das?"

Tatsächlich, zwischen den Bäumen blitzte etwas auf – ein schwaches, rötliches Glimmen, als ob jemand oder etwas dort leise schlummerte. Wir näherten uns vorsichtig, und dann sahen wir es: ein alter, verwitterter Stein, bedeckt mit mystischen Zeichen, die leicht in einem warmen Rot leuchteten. Es sah fast aus wie ein vergessener Altar aus längst vergangener Zeit.

„Das ... das ist nicht normal", flüsterte Paul. „Sollten wir das besser nicht einfach ignorieren?"

Ich lachte leise. „Paul, du bist doch immer derjenige, der sich in jedes Abenteuer stürzt! Aber vielleicht hast du diesmal recht – das hier gehört in keine unserer Urlaubspläne."

Gerade als wir uns umdrehen wollten, hörten wir ein leises Miauen hinter uns. Es war der Katzengott, der plötzlich aus den Schatten trat.

„Tja, meine Lieben, ich wollte euch eigentlich nicht stören, aber es scheint, ihr habt etwas gefunden, das meine Aufmerksamkeit erfordert."

Paul verdrehte die Augen. „Klar, Katzengott. Selbst im Urlaub bleibt uns nichts erspart."

Der Katzengott schnurrte zufrieden. „Keine Sorge, das hier ist kein Abenteuer für euch. Ihr habt euch euren Urlaub verdient.

Ich kümmere mich darum. Ihr könnt zurück zu eurem Lagerfeuer gehen.“

„Danke“, sagte ich lächelnd. „Das ist das erste Mal, dass du uns aus einer Sache raushältst.“

„Glaubt mir“, sagte der Katzengott mit einem Zwinkern, „ihr werdet bald wieder genug zu tun haben. Genießt eure Ruhe, solange sie währt.“

Und so ließen wir das seltsame Relikt hinter uns und kehrten an unser Lagerfeuer zurück. Paul legte sich entspannt in die Hängematte und ich genoss den klaren Sternenhimmel über uns.

Wenn wir zu diesem Zeitpunkt nur schon gewusst hätten, was bald auf zukommen würde und was es mit diesem Altar auf sich hatte, wir hätten unser Zelt sofort abgebaut ...

Für Bijou

Dieses Buch ist Bijou gewidmet, die von
14.07.2006 bis 26.10.2023 bei mir lebte.
Sie wird immer in meinem Herzen weiterleben.
Danke, liebe Bijou, für die schöne Zeit mit dir!

Ingo

Vorschau

Ingo Schorler
Zaubermaus
- ihr größter Auftrag auf Erden

ISBN: 978-3-96074-858-8 - Band 7
Taschenbuch, 120 Seiten

Gerade als Zaubermaus und Paul glauben, endlich etwas Ruhe gefunden zu haben, taucht unerwartet der Katzengott mitten im Wald im Schatten eines alten Altars auf. „Keine Sorge, das ist kein Abenteuer für euch", versichert er ihnen und schickt sie zurück an ihren Urlaubsort.

Doch kaum sind sie zurück am Lagerfeuer, ahnen Zaubermaus und Paul schon, dass diese vermeintliche Ruhe schnell vorüber sein wird. Denn was sich hinter dem ominösen Altar verbirgt, wird sie in das größte Abenteuer ihres Lebens stürzen.

Ein Auftrag wartet auf Zaubermaus und Paul – größer, gefährlicher und wichtiger als je zuvor. Hängt die ganze Erde am seidenen Faden – und nur die beiden können sie retten? Wird ihre Freundschaft stark genug sein, um die bevorstehenden Prüfungen zu bestehen?

Bereit für die größte Herausforderung ihres Lebens stellt sich Zaubermaus ihrem bislang gefährlichsten Auftrag – mit Paul, ihrem treuen Gefährten, an ihrer Seite ...

Unser Buchtipp

Ingo Schorler
Zaubermaus: Sammelband 1-5
ISBN: 978-3-96074-708-6
Taschenbuch, 566 Seiten

Als Zaubermaus stirbt und im Katzenhimmel ankommt, könnte sie sich nicht weniger vorstellen, als dass dort statt Frieden und Harmonie Gefahr und Chaos lauern. Eine mächtige, unbekannte, und schrecklich böse Macht droht, das Reich des Katzengottes zu unterwerfen. Doch Zaubermaus ist kein gewöhnlicher Katzenengel. Sie nimmt den Kampf auf – zusammen mit ihrem neuen Freund Paul, dem Sohn des Höllenfürsten persönlich.

In diesem Sammelband, der die ersten fünf spannenden Abenteuer von Zaubermaus und Paul vereint, beginnt eine außergewöhnliche Reise. Zaubermaus entdeckt ihre wahre Bestimmung: Sie ist dazu auserkoren, als Botschafterin zwischen Himmel und Erde zu wandeln, stets im Dienst des Katzengottes, um den Menschen in ihrer dunkelsten Stunde zu helfen. Doch die Abenteuer, die sie erwarten, sind alles andere als gewöhnlich. Auf der Erde, wo sie nicht nur als Katze, sondern auch in menschlicher Gestalt auftaucht, sorgen sie und Paul für jede Menge Aufsehen – und manch komisches Durcheinander. Gemeinsam stellen sie sich den größten Herausforderungen, kämpfen gegen dunkle Mächte, erleben spannende und gefährliche Missionen und stürzen sich in magische Abenteuer.

Unser Buchtipp

Ingo Schorler
Mit Zaubermaus in 100 Tagen um die Welt
978-3-96074-481-8 - Band 5
Taschenbuch, 120 Seiten

Endlich haben sich Zaubermaus und Paul wiedergefunden, und ihre Wiedervereinigung könnte nicht glücklicher sein. Doch wer Zaubermaus und Paul kennt, weiß, dass Ruhe und Stillstand für die beiden Helden ein Fremdwort sind. Schon bald brechen sie zu ihrem nächsten großen Abenteuer auf – einer außergewöhnlichen Reise, die sie in 100 Tagen um die Welt führen soll.

Doch eine Reise mit Zaubermaus und Paul bedeutet, dass das Unerwartete immer hinter der nächsten Ecke lauert. Von gefährlichen Begegnungen über mysteriöse Herausforderungen bis hin zu magischen Wendungen – die beiden Helden erleben in diesen 100 Tagen mehr, als sie sich je hätten träumen lassen. Unterwegs stoßen sie auf Geheimnisse, die die Welt für immer verändern könnten, und müssen sich alten und neuen Feinden stellen.

„Mit Zaubermaus in 100 Tagen um die Welt" ist ein fesselndes Abenteuer voller Fantasie, Witz und Action, das den Leser auf eine atemberaubende Reise durch die unterschiedlichsten Orte und Zeiten mitnimmt.

Der Autor

Ingo Schorler: Jahrgang 1967, schreibt seit einigen Jahren Geschichten über Zaubermaus. Er war Schulhausmeister und arbeitete seit 1990 im öffentlichen Dienst.